李　联　李爱联　著

经典名著
文学语言品读研究

名著赏析
品味经典

北方联合出版传媒（集团）股份有限公司
万卷出版有限责任公司

图书在版编目(CIP)数据

经典名著文学语言品读研究 / 李联，李爱联著. --
沈阳：万卷出版有限责任公司，2024.4
ISBN 978-7-5470-6481-8

Ⅰ.①经… Ⅱ.①李… ②李… Ⅲ.①世界文学-文
学研究 Ⅳ.①I106

中国国家版本馆 CIP 数据核字(2024)第 061761 号

出版发行： 北方联合出版传媒(集团)股份有限公司
万卷出版有限责任公司
(地址:沈阳市和平区十一纬路 29 号　邮编:110003)
印　刷　者： 长沙市精宏印务有限公司
经　销　者： 全国新华书店
幅面尺寸： 170mm×240mm
字　　数： 190 千字
印　　张： 15
出版时间： 2024 年 4 月第 1 版
印刷时间： 2024 年 4 月第 1 次印刷
责任编辑： 张冬梅
责任校对： 刘　洋
策　　划： 张立云
装帧设计： 云上雅集
ISBN 978-7-5470-6481-8
定　　价： 78.00 元
联系电话： 024-23284090
传　　真： 024-23284448

目录
Contents

品读《史记》：
史家绝唱与无韵《离骚》的结合

一、关于《史记》

《史记》是西汉著名史学家司马迁编写的一部纪传体史书，是中国历史上首部纪传体通史，被列为二十四史之首。与后来的《汉书》《后汉书》《三国志》并称"前四史"。

《史记》记载了从中国上古传说中的黄帝时代，到汉武帝时期（公元前122年）共三千多年的历史。"究天人之际，通古今之变，成一家之言"是司马迁修史的宗旨和追求，这也让《史记》成为中国历史上首部纪传体通史。

《史记》全书包括十二本纪（记历代帝王政绩）、三十世家（记诸侯国和汉代诸侯、勋贵兴亡）、七十列传（记重要人物的言行事迹，主要叙人臣，其中最后一篇为自序）、十表（大事年表）、八书（记各种典章制度，记礼、乐、音律、历法、天文、封禅、水利、财用等），共一百三十篇，五十二万六千五百余字。

《史记》一开始并没有固定书名，常称"太史公书""太史公传"，也省称"太史公"。"史记"本是古代史书的通称，自三国时期开始，"史记"从史书的通称逐渐转变为"太史公书"的专称。

司马迁首创以人物为中心的述史方法，同时也在《左传》《国语》《战国策》等先秦古籍中"君子曰"运用手法的基础上，创造了以"太史公曰"来评述历史事件和历史人物的新的史评形式。全书"太史公曰"

有一百三十余条，除《汉兴以来将相名臣年表》外，几乎篇篇都有"太史公曰"。

《史记》深刻影响了后世史学和文学的发展。其开创的纪传体编史方法被此后历代"正史"所传承。同时，《史记》还被认为是一部优秀的文学著作，在中国文学史上有着重要地位，也具有很高的文学价值，鲁迅赞美其为"史家之绝唱，无韵之《离骚》"。刘向等人评价此书"善序事理，辩而不华，质而不俚"，"其文直，其事核，不虚美，不隐恶"，与司马光的《资治通鉴》并称"史学双璧"。

二、司马迁的文学观

对《史记》文学性的认识与剖析，从历史进程来看，是逐步深入的，至少有四个层次：

第一，最广义的文学性，只着眼于《史记》文章的简洁和辞采的华美，这是第一层次，也是魏晋以前最普遍的了解。

第二，着重在《史记》散文的成就和艺术格调美，这是第二层次，唐人有更进一步的认识。

第三，《史记》文章结构的转折波澜，具有小说因素的人物刻画，这是第三层次，明清评点家多有发掘。

第四，对司马迁作品中刻画典型人物的艺术手法进行较为全面、系统的分析，可以说是最近几年才开展的深度研究。

在《〈史记〉与中国文学》一书中，陕西师范大学教授张新科在第一章"司马迁的文学思想及其影响"中首先提出："司马迁在中国文学史上有两方面的贡献：一是以自己的文学实践丰富了中国文学的宝库；二是他有明确的文学观点。"

关于司马迁的文学思想，张新科教授认为，司马迁文学观的产生是源于对前代文学思想的继承和批判，主要从儒家诗论的歌颂与讽喻中扬弃其"美刺原则"，把握文学的"言志抒情"功能，理解"文学和现实的关系"，接受孔子及董仲舒等关于"文质结合"的观点，受到屈原"发愤抒情"的启发，被孟子"知人论世"的观点所影响。

在此基础上，司马迁的文学观形成了，主要表现在如下几个方面：

第一，始终把"人"作为写作的对象，由"人"的变化去推究社会的变化，借此来探讨古今之变的规律。

第二，认为文学创作的目的不是为了文学而文学，而是通过编撰《史记》表达自己的观点主张，寄予自己对社会人生的理想。

第三，直接延续先秦文学理论，在文学与现实的关系上，坚持文学来源于现实，文学是现实的表现，文学在反映社会生活方面具有认识功能。

第四，文学创作的动力，具体到编撰《史记》的文学实践，一是外部动力，时代提出了构建新的历史文化文本的内在要求。如司马迁所言："余闻之先人曰：'伏羲至淳厚，作《易》八卦。尧舜之盛，《尚书》载之，礼乐作焉。汤武之隆，诗人歌之。《春秋》采善贬恶，推三代之德，褒周室，非独刺讥而已也！'汉兴以来，至明天子，获瑞符，封建禅，改正朔，易服色，受命于穆清，泽流罔极。海外殊俗，重译款塞，请来献见者不可胜道。臣下百官，力诵圣德，犹不能宣尽其意。且士贤能而不用，有国者之耻；主上明圣而德不布闻，有司之过也。且余尝掌其官，废明圣盛德不载，灭功臣世家贤大夫之业不述，堕先人所言，罪莫大焉！"二是来自知识分子担当意识的内在动力。不管是遵从父亲遗训、完成先祖未竟的太史公大业的个性原因，还是因为封建专制下统治者和奸佞之徒对忠介之士的残酷迫害造成的"穷"与"怨"，"意有所郁结，不得通其道"，都使其产生"述往思来""采善贬恶""发愤"著书的士大夫的抱负。

第五，对文学的社会功能，司马迁延续并发展了先秦文艺理论的"美刺原则"，突出文学的讽喻作用，同时，也肯定了文学的审美功能和借鉴作用。

第六，划分了"文学"与"学术"的界线，走出了先秦时期文、史、哲三位一体，百家之说皆称"文章"的混沌，使文学逐步成为独立的、成熟的文化形式。

第七，在文学批评方面，司马迁注重把作家的人格与作品风格联系起来，如他对屈原及其作品的评价："其文约，其辞微，其志洁，其行廉，其称文小而其指极大，举类迩而见义远。其志洁，故其称物芳。其行廉，故死而不容。自疏濯淖污泥之中，推此志也，虽与日月争光可也。"他提倡"文约"而"指大""义远"的文风。

应该说，生活在儒学文艺思潮盛行期的司马迁，他的文学思想发展了先秦时期的诗教和"发愤"说，内容丰富，博大精深，对后世的唐宋文学及元明清文学都有广泛而深刻的影响，尤其是他的"发愤著书说"，成为封建社会进步文人立德、立功、立言，追求不朽功业的理论法宝。

三、《史记》的抒情性

文章不仅以事理服人，而且以感情动人。明代茅坤说："读《游侠传》即欲轻生，读《屈原贾谊传》即欲流涕，读《庄周鲁仲连传》即欲遗世，读《李广传》即欲立斗，读《石建传》即欲俯躬，读《信陵平原君传》即欲养士。"可见文章感染人的力量的确强。

（一）内在的韵律

"通古今之变，究天人之际，成一家之言"是司马迁写作的目的。梁启超说司马迁著书的最大目的还是要成一家之言，借史的形式发表。在叙事的过程中寓褒贬、别善恶。他在那些代表了正义和良善的人物身上，寄予着美好的理想光辉，倾注了自己无限的敬重与热爱，以此显露自己对清明政治、美好道德的努力追求；他在那些卑劣小人身上，更加揭示了他们腐败和邪恶的本质，凸显出对他们的怨恨和不满，流露出对这些腐朽和黑暗势力的猛烈抨击。

比如，他写舜做天子时与大臣禹与皋陶之间的谈话，写出了为君的爱民如子，宽容大度，咨诹善道，深明大义；为臣的恪尽职守，无畏无私，知无不言、言无不尽。

再比如，周公送自己儿子伯禽到鲁国去，说自己尽管是"文王之子，武王之弟，成王叔父，于天下亦不贱，然却一沐三握发，一饭三吐哺，起以待士，犹恐失天下之贤人。子之鲁，慎无以国骄人"，礼贤下士是统治者最基本的德行。

对于统治阶级内部的许多事件，作者表现了极度的蔑视与恼恨。比如，吕后残害戚夫人事件，其惨无人道旷古未闻；写汉武帝任用酷吏，对全国实行高压政策。司马迁对汉武帝披着儒家外衣实行的酷吏政治极其反感。

《伍子胥列传》是《史记》复仇文学中的名篇。作者侧重对伍子胥为报杀父兄之仇，弃小义而灭大恨的事迹的记叙。伍子胥昭关受窘，半途行乞，郢都仇恨的心志未曾遗忘片刻，他艰难竭蹶但忍辱负重，终于复仇雪耻，名留千古。父兄被歹人所害，自己被逼到了外国，想报仇十分困难，而要率异国兵围攻故国、捉杀仇人更是难上加难。但伍子胥历经千难万险最终成功复仇。仇人楚平王已死，伍子胥也要把他从坟墓中拉出来，"鞭之三百"，以泄其愤，足见其仇恨之深。作者对伍子胥的行为大加赞赏："怨毒之于人甚矣哉！王者尚不能行之于臣下，况同列乎！向令伍子胥从奢俱死，何异蝼蚁。弃小义，雪大耻，名垂于后世。悲夫！方子胥窘于江上，道乞食，志岂须臾忘郢邪？故隐忍就功名，非烈丈夫孰能致此哉？"

《史记》全书闪烁着司马迁理想的光芒，他对那种清明政治以及崇高形象的热爱，对现实社会的强烈不满，对邪恶形象、腐朽之物的无比气愤和憎恨，字里行间澎湃着的情感波涛，给读者以心灵的震撼。这是《史记》抒情性的根基。

（二）外在的韵律

第一，作品以叙代议，以议代叙，夹叙夹议，叙议结合，整个作品像一首抒情诗。

比如《伯夷列传》才七百字，对伯夷、叔齐的介绍只占二百多字，剩下都是作者的生发，最后作者抒发情感，曰："'天道无亲，常与善人。'若伯夷、叔齐，可谓善人者非邪？积仁洁行，如此而饿死。且七十子之徒，仲尼独荐颜渊为好学。然回也屡空，糟糠不厌，而卒蚤夭。天之报施善人，其何如哉？盗跖日杀不辜，肝人之肉，暴戾恣睢，聚党数千人，横行天下，竟以寿终，是遵何德哉？此其尤大彰明较著者也。若至近世，操行不轨，事犯忌讳，而终身逸乐，富厚累世不绝。或择地而蹈之，时然后出言，行不由径，非公正不发愤，而遇祸灾者，不可胜数也。余甚惑焉，倘所谓天道，是邪非邪？"

这些语言，表达了作者对现实社会中腐朽政治颠倒黑白、摧残人才所发出的极大愤恨与不满。

第二，尽管篇章不像诗，但其中也有许多抒情段落，语言的节奏感很强。

各篇的"太史公曰"有相当一部分是抒情感很强的。

《孔子世家》中就表现出作者对孔子发自内心的无尽仰慕之情。"《诗》有之，'高山仰止，景行行止'，虽不能至，然心向往之。余读孔氏书，想见其为人。天下君王至于贤人众矣，当时则荣，没则已矣。孔子布衣，传十余世，学者宗之。自天子王侯，中国言六艺者，折中于夫子，可谓至圣矣！"

第三，引入大量的诗赋与民间谚语歌谣，尤其是作品中人物的即景作歌，更加增强了文章的抒情色彩。

比如，项羽垓下被围时在帐中所作的"力拔山兮气盖世，时不利兮骓不逝。骓不逝兮可奈何，虞兮虞兮奈若何！"朱熹评此为"慷慨激烈，有千载不平之余愤"。

写刘邦荣归故里志得意满到极点时唱了一首大风歌："大风起兮云飞扬，威加海内兮归故乡，安得猛士兮守四方。"语虽壮而意悲，蕴含一种矛盾复杂的心情。

《刺客列传》中写荆轲刺秦前和而歌的"风萧萧兮易水寒，壮士一去兮不复还"，被人评曰"慷慨激烈，写出壮士心出，气盖一世"。

清代文学家周亮工评论霸王别姬时的情景，称"太史公笔补造化，代为传神"。

第四，还有一些篇章，某些片段是押韵的，更像诗歌了。

比如，《滑稽列传》中写优孟给楚庄王出主意处置他的马，优孟曰："请为大王六畜葬之。以垄灶为椁，铜历为棺，赍以姜枣，荐以木兰，祭以粮稻，衣以火光，葬之于人腹肠。"这些语言很注重押韵，并于诙谐幽默中起到了作用，思想性也很强。

正由于《史记》有一种一以贯之的"内在韵律"，同时在表现手法上又有"外在韵律"的讲求，因而使作品展现出我国历代散文鲜有的抒情性和气势。为此，明代的方孝孺评价《史记》"如决江河而注之海"，清代刘鹗也说"《离骚》为屈大夫之哭泣，《史记》为太史公之哭泣"。

品读唐诗：
值得反复咏叹的语言

一、关于唐诗

唐诗是中华文化的瑰宝，也是中华民族重要的文化遗产。它对世界众多国家的文化发展有着极为深远的影响，为后世考证唐代政治文化和风俗习惯提供重大的参考价值。

唐代的古体诗，主要分为五言和七言两种。近体诗也有两种，即绝句和律诗。绝句和律诗又各有五言和七言的差别。所以唐诗的基本形式主要有六种，分别为五言古体诗和七言古体诗、五言绝句和七言绝句、五言律诗和七言律诗。古体诗对音韵格律没有特别高的要求：一首之中，句数没有限制，篇幅可长可短，韵脚可以转换。近体诗对音韵格律的要求就严了一些：一首诗的句数有固定限制，即绝句每首四句，律诗每首八句，每句诗中用字的平仄声符合一定的规律，且韵脚不能转换；近体诗中的律诗还要求中间两联必须成为对仗。古体诗的风格是前代传承下来的，因此又叫古风。也因为近体诗有严整的格律，所以又有人称近体诗为格律诗。

唐诗的形式和风格是琳琅满目、革故鼎新的。它既继承了汉魏民歌、乐府传统，又极大地发展了歌行体的样式；不仅承袭了前代的五言、七言古诗，还发展成为长篇的叙事抒情体裁；不仅扩大了五言、七言形式的使用范围，而且创造了风格极其优美、工整的近体诗。近体诗作为当时出现的一种新诗体，在诗坛中产生并逐渐走向完善，成为唐朝诗歌的发展历程中一次重要的转折。它的出现使得中国古典诗词音节协调、用字凝练的特点，达到了空前的境界，是中国古代抒情诗最具代表性的一种形式，而且在今天仍然深受广大人民的欢迎。

二、唐诗的分期

初唐时期的代表作家是"初唐四杰"——王勃、杨炯、卢照邻、骆宾王，以及第一个举起诗歌革命大旗的文学家陈子昂。初唐时期的诗人作品在文风上气象万千、铿锵雄厚，让诗歌从南北朝局促狭小的宫体诗中逐渐走出来，转到广大的市井，开辟了新的发展方向。

盛唐时期，国富民强，经济繁盛，唐诗发展至顶峰，题材广泛，体裁众多，发展出"边塞诗派"与"田园诗派"等。浪漫主义诗人李白和现实主义诗人杜甫，亦是这一时期最杰出的代表。他们的诗雄视千古，其五律、七律和五绝、七绝，古风歌行皆取得了很高的艺术成就，正如韩愈所说"李杜文章在，光焰万丈长"。

中唐时期分为前期与后期：前期处于低谷，后期则再现繁荣光景。前期代表诗人有：韦应物（山水诗，王、孟余绪）、刘长卿、李益（边塞诗，高、岑余绪）、卢纶。"新乐府诗派""韩孟诗派"则在后期出现。白居易、元稹领导了新乐府运动。白居易提出"文章合为时而著，歌诗合为事而作"的进步理论主张，他的诗明白晓畅，通俗易懂，深受群众喜爱，其代表作有《长恨歌》《琵琶行》等。此外，刘禹锡、李贺之诗也颇有成就。

晚唐时期为唐诗的夕阳返照时期，较著名的诗人有：温庭筠、李商隐、杜牧、韦庄等。其中，李商隐和杜牧被人们称为"小李杜"。

三、唐诗的语言特点

闻一多在《文学的历史动向》一文中说："诗这种东西的长处就在于它有无限的弹性，变得出无穷的花样，装得进无限的内容。"

诗歌是语言的艺术。从语言始，又止于语言。通过语言分析，我们才能很好地对文本进行解读。那么诗歌的语言有什么特点呢？

它和日常的口语不同，口语有日常性、随意性，而诗歌语言凝练、精准。它与科学语言也不同，科学语言要求严谨，不可具有多义性；而诗歌语言要求多歧义，倘若一句诗涵盖非常多的含义，能够引起人们的丰富联想，那么就是好的诗句了。

唐代的诗人通过平仄、格律和韵律来寻求诗歌的音律之美，并借助词句的对仗来实现对称性；又依靠变更词性、倒转词序，省去句子的成分，从而实现一种超乎逻辑的语法效果。也就是说要突破陈规，追求新、巧、奇，要有一定的灵活性，引入内涵，增加容量，追求多义，要写意传神，给人们传达相应的启迪。

短短的几行诗，但内涵意义出人意料，这样意义的获取，主要出于语言的运用。诗歌语言少不过二十个字，多不过几百字，如何运用有限的词语实现最佳的组合，将诗歌的意义发挥到最大，是需要每一个诗人仔细推敲的。唐代那些诗家高手，就是通过灵活运用语言，最终呈现出最佳的艺术效果。

唐诗的语言有如下几个主要特点：

（一）自足性

自足性，就是通过诗歌语言的组合达到语序自由、多元排列的目的。

不少唐诗，如果打乱它的语序，重新进行排列组合，也许可以得到别具风味的另外一种体式。

比如，杜牧的《清明》："清明时节雨纷纷，路上行人欲断魂。借问酒家何处有，牧童遥指杏花村。"有人将之改成长短句："清明时节雨，纷纷路上行人，欲断魂。借问酒家何处，有牧童，遥指杏花村。"这就有了词的味道。

再比如李商隐的《锦瑟》，有人进行打乱重组，和原来的诗意完全不一样了，变成了一种新的组合和新意义的生成。

锦 瑟

李商隐

锦瑟无端五十弦，一弦一柱思华年。

庄生晓梦迷蝴蝶，望帝春心托杜鹃。

沧海月明珠有泪，蓝田日暖玉生烟。

此情可待成追忆，只是当时已惘然。

锦瑟（王蒙改编版）

诗

锦瑟蝴蝶已惘然，无端珠玉成华弦。

庄生追忆春心泪，望帝迷托晓梦烟。

日有一弦生一柱，当时沧海五十年。

月明可待蓝田暖，只是此情思杜鹃。

词

杜鹃，明月，蝴蝶，成无端惘然追忆。日暖蓝田晓梦，春心迷，沧海生玉烟。托此情，思锦瑟，可待庄生望帝。当时一弦一柱，五十弦，只是有珠泪，华年已。

对联

上联：此情无端，只是晓梦庄生望帝，月明日暖，生成玉烟珠泪，思一弦一柱已。

下联：春心惘然，追忆当时蝴蝶锦瑟，沧海蓝田，可待有五十弦，托华年杜鹃迷。

（二）视觉性

视觉性，指的是诗歌所用字词的色彩特别鲜明，具有一种对感官的刺激作用。葛兆光先生曾经把李贺、李商隐的诗最常用的字拈举出来，形成了下边所列的七言四句二十八个字：

> 血露泣红笑鬼灰，雨死幽金茔淋龙。
>
> 魂凝老冷骨虫垂，狞寒泪蟾烟凤愁。

让阅读者快速阅读，然后说明感受，60%以上的读者感受是：衰飒、幽艳、诡谲、死亡。

由此可知，汉字的视觉性与自足性，使中国古典诗歌具有鲜明的意象、自由的语序，并超越了理念束缚而直指经验世界。

有视觉性、表意性、象形性，这也是唐诗的一大特点。

在唐诗的语言运用中，还有一种情形，就是用色彩字。比如杜甫，往往在诗句的第一个字就用色彩字，先"色"夺人。

> 老杜多欲以颜色字置第一字，却引实字来，如"红入桃花嫩，青归柳叶新"是也。不如此，则语既弱而气亦馁。他如"青惜峰峦过，黄知橘柚来"，"碧知湖外草，红见海东云"，"绿垂

风折笋，红绽雨肥梅"，"红浸珊瑚短，青悬薜荔长"，"翠深开断壁，红远结飞楼"，"翠干危栈竹，红腻小湖莲"，"紫收岷岭芋，白种陆池莲"，皆如前体。若"白摧朽骨龙虎死，黑入太阴雷雨垂"，益壮而险矣。

——范晞文《对床夜语》卷三

类似这样的诗句在杜甫语下多有。与杜甫不同的是李贺，他写诗特别善于曲终着彩。"云楼半开壁斜白""王母桃花千遍红""饥虫不食堆碎黄""笛管新篁拔玉青""恨血千年土中碧"，曲终着彩给人留下难以忘却的印象。除了这样一种手法之外，李贺特别喜欢用色彩营造诗歌的氛围，尤其是别人用得不多的特殊的色彩字词。比如红色，他用"老红""愁红""笑红"等；如绿色，他用"凝绿""寒绿""颓绿""静绿""空绿"等。用这样一些限定性的词语，表达他独特的心理感受。

李贺有些诗如果离开色彩，那么它构成的意境就不完整了。比如《将进酒》《长平箭头歌》：

琉璃钟，琥珀浓，小槽酒滴真珠红。况是青春日将暮，桃花乱落如红雨。(《将进酒》)

漆灰骨末丹水沙，凄凄古血生铜花。(《长平箭头歌》)

罗根泽先生在《乐府文学史》中用八个字评价李贺的诗："冷如秋霜，艳如桃李"。由此可见，唐人这种色彩字词的运用，实现了视觉性。

（三）明快而含蓄

表面看来，明快及含蓄似乎是相对立的，其实不然。明快不是全盘托出毫无保留，在明快的诗句中间也可能隐含着深层的意义；含蓄也不意味着晦涩难懂，在含蓄的诗句中，同样也可以用明快的词语进行表达。唐人常常在找寻着明快和含蓄两者之间的内在联系。

叶嘉莹曾如是评论古体诗："中国诗有四种，一种是难读易解，一种是易读难解，一种是易读易解，一种是难读难解。"她推崇的是易读难解的诗歌。

易读易解的诗，最好的一个例子就是白居易的《卖炭翁》，大家一读就明白了。那么易读难解的诗歌呢？中唐的卢仝写了一首《月蚀诗》，一共一千七百多字，用的字都认识，但就是读不懂，且诗歌的内容又是指向政治的，你不了解它的本事，读下来也非常难解它的意思。

还有一种难读难解的诗歌。比如韩愈的《南山诗》，他用了相当多的生僻字词和各种带"石"字旁的字来描写南山的形状，又用了五十多个"或"的句式来进行比况，读完这首诗，字面的意思并不难理解，可字词就被难住了，等将字词弄通了，感觉其实了无深意。

还有一种就是易读难解的诗，《古诗十九首》里"行行重行行，与君生别离"，一读就懂，可进行深刻的艺术解析却要费很多力气。再比如李后主的词，"流水落花春去也，天上人间"。什么是"天上人间"？有多种解说，但准确把握却不易。

其中最不值的是难读难解的诗，花费很大气力所得全无。最好的诗是易读难懂的，读起来畅快，但真正将之弄清，需花费一些工夫进行多方面的解析。

追求明快和含蓄相对接的唐诗就是那种易读难解的诗，读起来明快，但由于涵盖着更深层次的情感，所以又需要进行认真细致的解读。举一个例子——

独坐敬亭山

李白

众鸟高飞尽，孤云独去闲。

相看两不厌，只有敬亭山。

此诗一看就一目了然。但再深入挖掘，就会发现这首诗不仅体现的是李白对自然外在的感情，而且更多地表达了自己的一种孤独感、寂寥感，那种孤高自赏、傲然一世的心理。李白曾经写诗道："耻将鸡并食，长与凤为群。""我本不弃世，世人自弃我。"李白被召到长安后，君主沉湎歌舞酒色、政治黑暗腐朽，使他厌倦了人世间的纷纷扰扰，于是愤然离去投身到自然中去，与山为伴，与水作乐。古人对此诗的理解是这样的——

周敬曰："孤行千古。"(《唐诗选脉会通评林》)

唐云："不厌"妙矣，"两不厌"尤妙。(《唐诗归折衷》)

贤者自表其节，不肯为世推移也。(《唐诗摘钞》)

首二句已绘出"独坐"神理，三、四句偏不从独处写，偏曰"相看两不厌"，从不独处写出"独"字，倍觉警妙异常。(《诗法易简录》)

首句"众鸟"喻世间名利之辈，"高飞尽"言皆得意去，尽为"独"字写照。"孤云"喻世间高隐一流，"独去闲"言虽与世相忘，而尚有往来之迹。"独"字非题中"独"字，应上句"尽"字。三句看曰"相看"，见人固看着山，山亦似看着人；"两不厌"，见人固恋看山，山亦似恋看人。四句"只有"二字，见恋看山者惟人，而恋看人者似亦惟山。除却敬亭山以外，无足语者，"独坐"二字之神，跃然纸上。(品)高旷。(《诗式》)

此诗是否微言大义我们且不谈，但我们允许人们多方面解读。清人谭献曾说："作者之意未必然，读者之意何必不然。"作者未必写出这方面的意思，但读者可以去领略自己认识到的意义。

所以李白这首小诗表面看来非常明快，但含蕴无穷，这就是唐诗的明快与含蓄。任何一首好诗，都可以有数种解读。只要是能够进入读者灵魂深处的，都有可能改变、拓展他对诗歌的理解。

四、唐诗的字法、句法

（一）字法

所谓字法，就是用字、炼字，揣摩选择何种字词最为合适。唐人常常在用字、炼字上花费很大工夫，更注重对字义的推敲，哪个字更贴合句意、更生动传神，在不断地筛查之后才会抉择出来。

沈德潜《说诗晬语》中说："诗有不用浅深，不用变换，略易一二字，而其味油然而出者，妙于反复咏叹也。"

李嘉祐诗"水田飞白鹭，夏木啭黄鹂"；王摩诘但加"漠漠、阴阴"四字，而气象横生。江为诗"竹影横斜水清浅，桂香浮动月黄昏"；林君复改二字为"疏影""暗香"以咏梅，遂成千古绝调。二者所谓"点铁成金"也。若寇莱公化韦苏州"野渡无人舟自横"句，为"野水无人渡，孤舟尽日横"，已属无味。而王半山改王文海"鸟鸣山更幽"句，为"一鸟不鸣山更幽"，直是死句矣。学诗者宜善会之。

——〔清〕顾嗣立《寒厅诗话》

诗下双字极难，须使七言五言之间，除去五字三字外，精神兴致，全见于两言，方为工妙。唐人记"水田飞白鹭，夏木啭黄鹂"，为李嘉祐诗，王摩诘窃取之，非也。此两句好处，正在添"漠漠""阴阴"四字，此乃摩诘为嘉祐点化，以自见其妙，如李光弼将郭子仪军，一号令之，精彩数倍。不然，如嘉祐本句，但是咏景耳，人皆可到。要之当令如老杜"无边落木萧萧下，不尽长江滚滚来"，与"江天漠漠鸟双去，风雨时时龙一吟"等，乃为超绝。近世王荆公"新霜浦溆绵绵白，薄晚林峦往往青"，与苏子瞻"沉沉炉香初泛夜，离离花影欲摇春"，皆可以追配前作也。

——〔宋〕叶梦得《石林诗话》

更为世人所熟知的就是"一字师"的典故了。齐己《早梅》"前村深雪里，昨夜数枝开"，郑谷改"昨夜一枝开"，突出"早梅"。

比较早的争夺版权案也是在唐代，记于唐代张鷟的《朝野佥载》卷二中。国子监生辛弘智写了一首五言小诗："君为河边草，逢春心剩生。妾如堂上镜，得照始分明。"和他同宿舍住的学友常定宗看了之后，认为最后一句的这个"始"用得不妥，于是就把这个"始"改成了"转"，这句话就变成了"得照转分明"，这样一改，就比原来的"得照始分明"精彩了。可是，这个常定宗认为，是他的这个字使全诗生辉，否则那原诗就根本不叫诗，所以这个诗的著作权应该是自己的。辛弘智当然就不服了，于是两个人争执不下，只好上诉到国子博士罗为宗那里。罗为宗一听就乐了，说："你就这一个字，就想把整首诗占为己有，真是天下奇闻。"于是就写了一个判词，判词这么说："昔五字定表，以理切称奇；今一言竞诗，取词多为主。诗归弘智，'转'还定宗。以状牒知，任为公验。"

辛弘智还有一首诗叫《自君之出矣》："自君之出矣，梁尘静不飞。思君如满月，夜夜减容辉。"可是，唐代宰相张九龄改了一句一字后便让众人赞不绝口，同题诗中古今第一。题目改为《赋得自君之出矣》，依然是一首五言绝句："自君之出矣，不复理残机。思君如满月，夜夜减清辉。"其道理何在？张九龄改后的诗句不仅切怨妇之情，更双关政治；不仅限于面容的婉转动人，更可指政治上的清明。读来不再让人一眼看透，而是可以反复品读，更耐人寻味。

（二）句法

字是句的基础，好的字组成了妙的句。谭元春《题简远堂诗》云："必一句之灵，能回一篇之运；一篇之朴，能养一句之神，乃为善作。"

唐人在造句时，一个很重要的特点是，打破规则，超脱语法，把那些虚字，甚至动词、系词都给一一舍去了，仅仅留下那些景物互相排列，叠加画面，力求描绘出事物原始的美感，从而扩大意蕴空间。比如下面这些诗句：

高鸟长淮水，平芜故郢城。（王维《送方城韦明府》）

细草微风岸，危樯独夜舟。（杜甫《旅夜书怀》）

落叶他乡树，寒灯独夜人。（马戴《灞上秋居》）

乱山残雪夜，孤烛异乡人。（崔涂《除夜有怀》）

所有这些词语都没有动词，都没有进一步的交代，只是把景物相互并列着，画面叠加起来，从而给人造成一种没有经过主体人为掺入的原始状态，这样就使读者的想象可以自由纵横了。

其中，最有名的要算李白的诗了：

送友人

李白

青山横北郭，白水绕东城。

此地一为别，孤蓬万里征。

浮云游子意，落日故人情。

挥手自兹去，萧萧班马鸣。

颈联从表面看，"浮云像游子意，落日似故人情"，可他把"像""是""如""似"等字去掉了，从而加大了意义的空间。加上了，整个句子的独立性和一种原始状态的展现就遭到了破坏。

这样一种手法，古人叫"列锦"，即将几种锦绣美好的东西排列组合。其中较为经典的是晚唐温庭筠的"鸡声茅店月，人迹板桥霜"（《商山早行》）。这样的诗句，无逻辑关系，几种景物层层叠加，各种自然画面生动呈现。也正是因为不好翻译，同时没有逻辑关联，它的意义空间就大大地延伸和扩展。我们在读诗的过程中，也就能深深体会到唐诗语言的独特之处。

品读《牡丹亭》：

得意处唯在牡丹

一、关于《牡丹亭》

《牡丹亭》为中国四大古典戏剧之一，另外三部为《西厢记》《桃花扇》《长生殿》。该剧讲述了太守之女——豆蔻年华的杜丽娘某天在花园里睡了过去，梦中的她爱上了一个书生。醒来之后整日搜寻，却始终也没有找到那个书生，最终郁郁寡欢而死。杜丽娘死后，她的一幅自画像被埋藏在后花园的一块太湖石下。三年之后，柳梦梅赴京赶考，因感染风寒在梅花庵观借宿，碰巧在太湖石下拾到了杜丽娘的自画像，发现竟是自己梦中的情人。杜丽娘的魂魄在后花园游荡时，再次见到了梦中的书生柳梦梅。柳梦梅掘墓开棺使杜丽娘起死回生，二人终成眷属。

《牡丹亭》成于明代万历二十六年（1598），作者汤显祖出生于一个文人世家，却不愿攀附权贵，最终不与小人结伴，在年老时辞官返乡，从那以后，他就开始了《牡丹亭》的创作。这位仕途不顺的文学家，创作了《玉茗堂四梦》等伟大的戏剧作品。1616年，汤显祖与莎士比亚同年而逝。因两人才情与文学成就相当，被后世尊称为"世界戏剧文坛的双子星座"。

二、《牡丹亭》戏曲语言的特殊性

戏曲是文学体裁中的一种。戏曲是舞台言语的艺术，戏曲的最终体现在于舞台表演的过程中，因此，它又不同于供人阅读的文学体裁。

戏曲的语言和一般文学作品有着明显的区别。由于体裁的特殊性，戏曲的语言也有其自身的特点：戏剧的文字要有个性，有动态感，有诗意，有音乐美；此外，还要具有哲学意义的内涵和鲜明的风格颜色。

《牡丹亭》自问世以来，就因其至情的作品主题和人文精神，以及华美瑰丽的语言、大胆曲折的情节，在明代戏曲中占据着不可替代的地位，成为了历代文人墨客口口相传的佳话。

（一）戏曲语言的性格化和动作性

戏曲的表演终究不能脱离舞台。用人物的语言来体现其地位、身份、性格、思想等，表现出戏曲语言的个性化特征。《牡丹亭》的语言中，杜丽娘和柳梦梅婉约儒雅，春香俏皮而生动，陈最良则顽固陈腐，杜宝倔强冷漠，石道姑和杨娘娘口中都是粗鄙下流的语言，这些语言特点都与角色的身份、性格贴合。而这样的个性语言又可以很好地反映出角色与周围环境的矛盾，从而促进剧情的发展，体现主题。所以，戏剧的语言也是动态的。戏曲中所刻画的形象，能够在真实的舞台上直接呈现给人们。由此，通过个性化语言表现出来的人物形象更鲜活动人，更加具有艺术感染力。

（二）戏曲语言的诗意

戏曲语言的诗意并不意味着其要有诗体的格律。戏曲语言分唱词与宾白，即人物语言和舞台语言两部分，包括人物的对白、独白，舞台说明、背景介绍，人物动作、神态描写，旁白、画外音以及其他叙述语言等。唱词要具有诗意，不仅仅指它是叙事、抒情的诗，而且还是与宾白相间而相辅相成的诗。同时，宾白也有节奏的要求。

历史上，传统戏曲在创作中常常忽视宾白作用而仅关注唱词的打造。"自来作传奇者，止重填词，视宾白为末着，常有《白雪》《阳春》其调而《巴人》《下里》其言者。"清代著名戏剧理论家李渔在《闲情偶寄》中从元剧特点入手寻找其原因，认为："元以填词擅长，名人所作，北曲多而南曲少。北曲之介白者，每折不过数言，即抹去宾白而止阅填词，亦皆一气呵成，无有断续，似并此数言亦可略而不备者。由是观之，则初时止有填词，其介白之文，未必不系后来添设。在元人，则以当时所重不在于此，是以轻之；后来之人，又谓元人尚在不重，我辈工此何为？遂不觉日轻一日，而竟置此道于不讲也。"李渔提出，应该把宾白跟曲词同等看待，宾白的作用不仅不可轻视，"且觉稍有不称，即因此贱彼"。宾白语言的标准，按李渔的意见是两条：一是"首务铿锵"，以清亮之声使观众"倦处生神"；二是"意则期多，字惟求少"。如《牡丹亭》中杜丽娘一句"不到园林，怎知春色如许"的独白，就蕴藏着丰富的内涵。既有对明媚春色的赞叹，又有久居深闺渴望摆脱封建伦理道德的约束，得到自然的慰藉的心愿。

（三）戏曲语言的音乐性

音乐性，可以说是戏剧语言固有的一种品性，甚至应该说这是戏剧艺术与生俱来的一种性质。李渔在《闲情偶寄》中用"恪守词韵""凛遵曲谱""鱼模当分""廉监宜避""拗句难好""合韵宜重""慎用上声""少填入韵""别解务头"九款来探讨戏曲语言的音乐性。同时,李渔也提出,不但要重视曲词的音乐美,还要重视宾白的音乐美:"世人但以'音韵'二字用之曲中,不知宾白之文,更宜调声协律。世人但知四六之句,平间仄、仄间平,非可混施叠用;不知散体之文,亦复如是。"所以他要求剧作家"能以作四六平仄之法用于宾白之中,则字字铿锵,人人乐听,有'金声掷地'之评矣。"

(四)戏曲语言哲理性的闪光和鲜明独特的风格色彩

戏曲语言中的哲理性即为著作家借助戏曲中的角色来表达自己对人生的正面愿望。但这并非单纯地将角色当作理想的代言人直白地叙述出来,而是在一段看似普通的话中蕴含着作家对生活的无限憧憬。

其独具特色的艺术形式,并非单纯地寻求音调、色彩等形式上的问题,而是与戏曲的内涵紧密相连。一部戏的内涵、深邃的思想、鲜明的意象和鲜活的故事,其语言也常常表现出其特有的风格。汤显祖《牡丹亭》在承袭了元杂剧的固有语言的同时,又将六朝的辞赋与唐宋诗词相结合,形成了华丽优雅、婉转内敛的语言特点。

总之,戏曲语言并非与普通的语言相同,它是具有情感逻辑和真实艺术性的表达,它包含着作者的情感和想象等心理因素,是能够表达戏曲中人物内心活动和性格特点的语言，是在抒情、写景、状物、叙述中所使用的，使读者或听众感到新颖，具有陌生化意义。

三、《牡丹亭》的语言风格

通观《牡丹亭》全本，我们可以发现，剧作文本固然"以男女至情反对封建礼教，以奇幻之事承载浪漫风格"，不仅"以绮词丽句体现无边文采"，而且在语言风格方面表现为独特的华美、细腻与个性。

（一）人物语言的个性化

清代戏曲家李渔说，写戏要"语求肖似"，"务使心曲隐微，随口唾出，说一人肖一人，弗使肤泛"。优秀的戏曲作品其人物语言都要具有鲜明的个性化。《牡丹亭》曲词的成功同样也在于它的语言能够体现不同身份人物的性格特征。明代戏曲理论家沈际飞这样评价："柳生骏绝，杜女妖绝，杜翁方绝，陈老迂绝，甄母愁绝，春香韵绝，石姑之妥，老驼之勤，小癞之密，使君之识，牝贼之机，非临川飞神吹气为之，而其人遁矣。"《牡丹亭》中主要人物的语言都符合自己的身份，具有高度个性化。

（1）杜丽娘语言优雅，有深闺小姐的风范，又钟情、热烈、大胆。

在一开场时便有杜丽娘"娇莺欲言，眼见春如许。寸草心怎报得春光一二"的歌唱，体现的是杜丽娘富有涵养、心怀感恩的大家闺秀形象。

而在《圆驾》里，杜丽娘的语言便展示出了冷静、机敏与沉着。当皇帝问及有没有父母之命、媒妁之言时，杜丽娘没有隐瞒："臣妾受了柳梦梅再活之恩，真乃是无媒而嫁。"当被问是谁保的亲、送的亲，她又振振有词地说："保亲的是母丧门，送亲的是女夜叉。"父亲要她离开柳梦梅才同意与她相认时，她又坚定果断地答道："你叫俺回杜家，越了柳衙。便作你杜鹃花，也叫不转子规红泪洒。"这都是她坚定不移的爱情观和抵抗封建伦理道德的勇气的全面体现。汤显祖对人物个性化语言的描写，使一个充满了生命感染力和艺术魅力的至情至性的女子形象清晰地展现在读者面前。

（2）柳梦梅语言典雅含蓄，塑造了书生气概不凡、胸臆开阔、忠贞和痴情的个性。

《言怀》中，柳梦梅在他上场后的第一首曲子中唱道："河东旧族、柳氏名门最。论星宿，连张带鬼。几叶到寒儒，受雨打风吹。漫说书中能富贵，颜如玉，和黄金那里贫薄把人灰，且养就这浩然之气。"介绍自己是名门之后，虽然并不富裕，但人穷志不短。在《玩真》中，柳梦梅夸赞杜丽娘是"小娘子画似崔徽，诗如苏蕙，行书逼真卫夫人"。在《冥誓》中，又立下誓言要同杜丽娘"作夫妻，生同室，死同穴"，一片痴情。其后挖棺复活杜丽娘，在《硬拷》中劝说传统的杜宝接受杜丽娘复活的事实，显示了他对爱的坚守和勇于承担责任的态度。

（3）杜宝语言僵硬呆板，表现其冷酷无情。

杜宝恪守封建礼教，要把女儿培养成封建社会标准的贤妻良母。《训女》中，杜宝对妻子说："女工一事，想女儿精巧过人。看来古今贤淑，多晓诗书。他日嫁一书生，不枉了谈吐相称。你意下如何？"为了给女儿聘请合适的老师，最后决定请一个老成持重的先生，为女儿讲授《诗经》。他对女儿的要求刻板迂腐："适问春香，你白日眠睡，是何道理？假如刺绣余闲，有架上图书，可以寓目。他日到人家，知书知礼，父母光辉。这都是你娘亲失教也。"杜宝是一个典型的封建家长形象，他一方面想让自己的女儿才貌双全，另一方面又要求她言谈举止都要遵守封建礼教。

（二）环境语言的典型化

《牡丹亭》具有一种独特的环境描述方式。戏曲的一开头就预示了春天的到来。春季是一种特别的时节，常常会使人产生伤春、怀春的情绪，杜丽娘的情感正是在这样一个具有代表性的时节下孕育出来的。《牡丹亭》以其优美流畅的笔墨描写了这种特别的环境。

杜丽娘初次来到后花园就发出了"不到园林，怎知春色如许"的感慨，表明了这美丽的春色引起了她内心的共鸣。《步步娇》中有："袅晴丝吹来闲庭院，摇漾春如线。停半晌、整花钿。没揣菱花，偷人半面，迤逗的彩云偏。"轻柔的春风拂过，晴丝轻扬，似轻纱，似丝缕，传递着春意。杜丽娘从缥缈的晴丝中，看到了一抹春的痕迹，她心里的感情，就像这一缕晴丝,在美好的春日里肆意翻腾。春香夸奖杜丽娘"今日穿插的好",勾起了她的心绪,她将"恰三春好处无人见"献给自己的青春,也表达她天生丽质却只能孤芳自赏的淡淡愁绪。

(三) 语言风格的雅俗兼备

《牡丹亭》的语言风格特色,主要表现在雅俗兼备。姚莽在《牡丹亭鉴赏》中称《牡丹亭》的语言"雅者固雅,俗亦甚俗"。

1. 华丽典雅

你道翠生生出落的裙衫儿茜,艳晶晶花簪八宝填,可知我常一生儿爱好是天然。恰三春好处无人见,不提防沉鱼落雁鸟惊喧,则怕的羞花闭月花愁颤。

这是一首《惊梦醉扶归》,描写的是杜丽娘姣好的容貌、气质、体态。汤显祖用一种华美的语言,描绘出一位亭亭玉立、落落大方的大家闺秀形象。她一生所爱并非倾国倾城的容颜,而是一种天然的、生命的活力。婉转优美的唱词,抒发着对青春的颂扬,也诉说了岁月的流逝。

2. 通俗易懂

《牡丹亭》的语言华丽、高雅、明快,同时也通俗易懂。《闺塾》中春香发现家里有个后花园,当杜丽娘问她是什么样子的时候,春香向杜丽娘说:"景致么,有亭台六七座,秋千一两架。绕的流觞曲水,面着太湖山石。名花异草,委实华丽。"身为丫鬟的春香没有受到过良好的教育,她仅仅能通过最通俗的语言来向杜丽娘描绘她所见到的事物,亭台流水、花草秋千,简单的描述也能使人领略到花园的美丽景致。

3. 诙谐有趣

除了雅俗与共之外,作者所用语言还时时见出风趣。例如《闺塾》中,春香把"关关雎鸠,在河之洲"解释成"不是昨日是前日,不是今年是去年,俺衙内关着个斑鸠儿,被小姐放去,一去去在何知州家"。把"在河之洲"生拉硬扯,令人莞尔。这类诙谐的描述更让《牡丹亭》的语言变得妙趣横生。

(四)修辞手法的多样化

孔子曰:"言之无文,行而不远。"要使文章有文采,修辞的作用不可小觑。《牡丹亭》的语言生动多彩,充满诗情画意,是作者运用多种修辞手法的结果。

1. 比喻

好姐姐

[好姐姐]〔旦〕遍青山啼红了杜鹃,荼蘼外烟丝醉软。春香啊,牡丹虽好,他春归怎占的先!〔贴〕成对儿莺燕啊。〔合〕

闲凝眄，生生燕语明如剪，呖呖莺歌溜的圆。

以比喻的方式描写春天的美丽。每年这样的春景，在杜丽娘眼中，都是那么的美丽，那么的耀眼。这是一位久居闺阁的姑娘对春日的特别感触。这种春光，勾动了她心中的欲望——一个正值花季的少女，就像春天一样，应当好好地珍藏。

再如下面这一组曲词：

寻梦

［懒画眉］最撩人春色是今年。少甚么低就高来粉画垣，元来春心无处不飞悬。〔绊介〕哎，睡荼蘼抓住裙钗线，恰便是花似人心好处牵。

玩真

［莺啼序］问丹青何处娇娥，片月影光生毫末。似恁般一个人儿，早见了百花低躲。总天然意态难模，谁近得把春云淡破？

魂游

［水红花］（魂旦作鬼声，掩袖上）则下得望乡台如梦俏魂灵，夜荧荧，墓门人静。（内犬吠，旦惊介）原来是赚花阴小犬吠春星。冷冥冥，梨花春影。

这些曲词分别是杜丽娘寻梦、魂游及柳梦梅玩赏丽娘画像时所唱。它们有一个共同特征：用比喻进行意象的组合，引起读者悠远的审美联想，它既是视觉意象，又不仅仅是视觉意象，用"春心飞悬"比喻杜丽娘情愫萌动后的荡漾和无所施给，用"片月影光"形容画像上杜丽娘姿容的美丽，用"梨花春影"传达魂游幽夜的梦幻和情思。语词的组合异常奇特，隐喻的内容同样丰厚，令人咀嚼不尽。

2. 用典

惊梦

[绕地游]晓来望断梅关，宿妆残。剪不断，理还乱，闷无端。催花莺燕借春看。

"剪不断，理还乱"，引用南唐后主李煜词《相见欢》中的句子，写出杜丽娘面对满园的春色发出深深的忧愁，想要梳理可怎么也理不出一丝头绪。

使用典故，能增添语句的内敛、高雅，能达到辞藻优美、音韵协调、对仗精妙的艺术效果；它的结构严谨，增添了外表上的美感，使其语言的意蕴更加丰满。汤显祖在《牡丹亭》中对诗词典故的大量使用，大大地促进了《牡丹亭》艺术效果的打造。如：

训女

[前腔]（贴持酒台，随旦上）娇莺欲语，眼见春如许。寸
草心，怎报的春光一二！

"寸草心，怎报的春光一二"，源自孟郊诗《游子吟》："谁言寸草心，
报得三春晖。"这里用来比喻父母的恩情很深，无以报答，犹如小草报
答不了春光的化育之恩。

寻梦

[前腔]为甚呵，玉真重溯武陵源？则也为水点花飞在眼前。

"玉真重溯武陵源"原来是指仙人（刘晨、阮肇，见元杂剧《误入桃
源》）在天台山桃源洞遇见仙女，回到人间后又重新到天台山去找寻仙
女的故事。这里用来比喻杜丽娘到后花园寻梦，把她想要重拾梦境、重
拾自己在梦中放纵真情的心理表露无遗。

冥判

[混江龙]〔净〕肉鼓吹，听神啼鬼哭，毛钳刀笔汉乔才。
这时节呵，你便是没关节包待制、"人厌其笑"。〔内哭介〕恁
风景，谁听的无棺椁颜修文、"子哭之哀"！

　　"包待制、'人厌其笑'"是指宋代包拯做过天章阁待制、龙图阁直学士、开封知府等官，人称"包待制""包龙图"。当时有谚语说："关节不到，有阎罗、包老。"就是说他铁面无私，不受贿赂。他难得一笑，比之为黄河清。"人厌其笑"，典出《论语·宪问》"人不厌其笑"句，与下文"子哭之哀"对应。"无棺椁颜修文、'子哭之哀'"说的是孔子因为自己最得意的弟子颜回之死哭得很伤心。相传颜回死后做了地下修文郎的官。这里连用两个典故，极言地狱之惨况。

　　《牡丹亭》中用典的例子不胜枚举。如"沉鱼落雁""羞花闭月"分别出自庄子《齐物论》（"毛嫱、丽姬，人之所类得，鱼见之深入，鸟见之高飞"）和李白的诗《西施》以及曹植的《洛神赋》。"惜花疼煞小金铃"是《开元天宝遗事》中所记之事的巧妙化用。"朝飞暮卷"是《滕王阁诗》"画栋朝飞南浦云，珠帘暮卷西山雨"的省文。"良辰美景奈何天，赏心乐事谁家院"则出自谢灵运《拟魏太子邺中集诗序》："天下良辰美景，赏心乐事，四者难并。"凡此种种，都体现出汤显祖对古诗名句的巧妙运用。然而，对于汤显祖的用典，李渔还是颇有微词的。在他看来，有些地方正是由于用典使得语言过于晦涩，"字字俱费经营，字字皆欠明爽"。李渔的批评并不是不无道理，但有些过于绝对。如果从提倡剧本的语言贵显浅角度说，这是对的。但有两点必须指出：第一，戏曲作为一种文学体裁，既应当注重剧场性，也必须注重文学性。任何的偏颇都是不对的，美妙的戏曲语言应当是口语，又是诗歌。第二，语言的风格应当是多样的，可以运用多种语言形式（包括修辞手法）来表现。哪种风格好，哪种语言形式好，要看它用的场合及表现的人物。

3. 反问

闺塾

〔前腔〕〔起介〕〔末〕人读书，有囊萤的，趁月亮的。〔贴〕待映月，耀蟾蜍眼花；待囊萤，把虫蚁儿活支煞。〔末〕悬梁、刺股呢？〔贴〕比似你悬了梁，损头发；刺了股，添疤疣。有甚光华。

陈最良用古人头悬梁、锥刺股来教育春香，春香却用悬了梁会损伤头发、刺了股会添伤疤来反驳，表现了春香活泼可爱、叛逆的性格，也描写了陈最良的迂腐。

鹊桥仙

〔贴扶病旦上〕拜月堂空，行云径拥，骨冷怕成秋梦。世间何物似情浓？整一片断魂心痛。

集贤宾

〔旦〕海天悠、问冰蟾何处涌？玉杵秋空，凭谁窃药把嫦娥奉？甚西风吹梦无踪！人去难逢，须不是神挑鬼弄。在眉峰，

心坎里别是一般疼痛。〔旦闷介〕

"问世间情为何物？直教人生死相许！""世间何物似情浓"，杜丽娘即将香消玉殒，弥留之际，不知道应该把自己内心的爱恨向何处控诉。这里用反问，而不是直接陈述式的诉说，更能让读者感受到杜丽娘那痛彻心扉的情，引起读者强烈的共鸣。

4. 排比

排比是一种表现力很强的语言形式，它可以使宏大的声势和深厚的内涵直观地展现出来。相似的结构、相同的词量、相关联的句子相继地出现，不仅体现了作品节奏和韵律的美感，而且很有力量，使人的情绪也变得高昂。

如杜丽娘在游园的梦中与柳生相会之后，抑制不住自己对"梦中情人"的思念，想与春香诉说愁肠的一段唱词：

诊祟

〔一江风〕〔贴扶病旦上〕〔旦〕病迷厮。为甚轻憔悴？打不破愁魂谜。梦初回，燕尾翻风，乱飒起湘帘翠。春去偌多时，春去偌多时，花容只顾衰。井梧声刮的我心儿碎。〔行香子〕春香呵，我"楚楚精神，叶叶腰身，能禁多病逡巡！〔贴〕你星星措与，种种生成，有许多娇，许多韵，许多情。〔旦〕咳，咱弄梅心事，那折柳情人，梦淹渐暗老残春。〔贴〕正好篆炉香午，枕扇风清，知为谁韰，为谁瘦，为谁疼？"〔旦〕春香，我自春游一梦，卧病如今。不痒不疼，如痴如醉。知他怎生？〔贴〕小姐，梦儿里事，想他则甚！〔旦〕你教我怎生不想呵！

梦里的事情是虚幻的、不真实的，但是杜丽娘却依然苦苦等待梦境能变为现实，但自己的身体已经病入膏肓，想是熬不到柳暗花明的那一天了，因此发出"许多娇，许多韵，许多情"的感慨。春香不明白杜丽娘为什么会为了梦里的一个人茶不思饭不想，把自己弄得一副憔悴不堪的模样，她始终无法理解一个"情"字，由此生出"为谁韰，为谁瘦，为谁疼"的疑惑。这里用排比抒情，荡漾出缠绵悱恻的情思，达到了淋漓尽致的功效。

再如杜丽娘死后石道姑"帮"春香"哭"的一段对白：

闹殇

〔前腔〕春香姐，再不教你暖朱唇学弄箫，〔贴〕为此。〔净〕再不和你荡湘裙闲斗草。〔贴〕便是。〔净〕小姐不在，春香姐也松泛多少。〔贴〕怎见得？〔净〕再不要你冷温存热絮叨，再不要你夜眠迟朝起的早。〔贴〕这也惯了。〔净〕还有省气力的所在。鸡眼睛不用你做嘴儿挑。马子儿不用你随鼻儿倒。〔贴啐介〕

〔净〕还一件，小姐青春有了，没时间做出些儿也，那老夫人呵，

少不的把你后花园打折腰。

这段排比的曲词，引发了耐人寻味的幽默，饱含诙谐之意。为了使

戏剧情节不至于过于悲伤，汤显祖故意安排这样一段情节：在春香悲伤

的时候，石道姑却在一旁帮腔调笑。这就使得石道姑的小丑形象得以充

分表现，从而增强了表达的效果。

还有杜丽娘死后到了冥界，众鬼神被她那闭月羞花之貌、沉鱼落雁

之容所惊艳后的表现：

冥判

[油葫芦]蝴蝶呵，你粉版花衣胜剪裁；蜂儿呵，你忒厉

害，甜口儿咋着细腰捱；燕儿呵，斩香泥弄影钩帘内；莺儿呵，

溜笙歌警梦纱窗外：恰好个花间四友无拘碍。

这段唱词用排比兼有比拟的手法，将四个男鬼写成"花间四友"，

原来蜂媒蝶使总相随早有缘故，莺歌燕舞也有它们的根由，如此着实增

添了文章的情趣。

总之，《牡丹亭》能在中国戏曲史乃至世界戏剧史上占据重要地位，

语言之功不可没。汤显祖善于通过抒情的笔调和华丽的语言表现人物内

心丰富的情感及其复杂的变化。《惊梦》《寻梦》中对春日园林的描写扣人心弦，使得读者不由自主地与杜丽娘一道去感受那周围的一切。汤显祖用典雅的语言，建造了一座富丽的艺术宫殿，制作精美，层次井然，既丰富多彩，又匀称适心。当然，《牡丹亭》也并非十全十美。过多地使用冷僻典故使得一些曲文晦涩难懂，如《道觋》一出中一些污秽的语言也不得不叫人带着遗憾。但，白璧微瑕无损于《牡丹亭》在总体上闪烁着的艺术光芒。

丰富的幻想、浓烈的感情、奇妙的构思、绚烂的文采、华丽的语言，使《牡丹亭》成为曲折离奇、富有诗情画意又具有民主思想的抒情戏曲杰作。用《文心雕龙·隐秀》中的话说，戏曲作品的语言，既要"自然会妙，譬卉木之耀英华"，又要"润色取美，譬缯帛之染朱绿"。"自然会妙"即本色，"润色取美"即文采。《牡丹亭》的语言，无不是本色与文采完全结合而臻于美的。汤显祖巧妙地将语言的诸要素（语音、词语、句子与修辞）相结合，使《牡丹亭》的语言既显得秀美优雅，含蓄蕴藉，又显得雅俗相济，生动直白。王冀德在《曲律》中曾称赞《牡丹亭》的语言"在浅深、浓淡、雅俗之间，为独得三昧"。他进一步指出："临川汤若士，婉丽妖冶，语动刺骨，独字句平仄，多逸三尺，然其妙处往往非词人工力所及。"（《杂论89》）这是对汤显祖的才情及其语言艺术才华的极大肯定。《牡丹亭》实不愧是戏曲语言创作中本色与文采相结合的范本，也是修辞运用的经典之作。

品读《红楼梦》：
不愧是语言大师级作品

一、关于《红楼梦》

《红楼梦》，别名《石头记》等，中国古代章回体长篇小说，中国古典四大名著之一，通行本共一百二十回，一般认为前八十回是清代作家曹雪芹所著，后四十回作者为无名氏，整理者为程伟元、高鹗。作品讲述了贾、史、王、薛四大家族的兴盛与没落，作者以富家公子贾宝玉的视角，描绘贾宝玉、林黛玉、薛宝钗三人的感情纠葛及最后的婚姻悲剧，描摹出一些闺阁佳人的人生百态，展现了真正的人性美和悲剧美，可以说是一部从各个角度展现女性美以及中国古代社会百态的史诗性著作。《红楼梦》版本有一百二十回"程本"和八十回"脂本"两大系统。程本为程伟元排印的印刷本，脂本为脂砚斋在不同时期抄评的早期手抄本。脂本是程本的底本。《红楼梦》是一部具有世界影响力的人情小说、中国封建社会的百科全书、传统文化的集大成者。其作者以"大旨谈情，实录其事"自勉，只按自己的事体情理，按迹循踪，摆脱旧套，新鲜别致，取得了非凡的艺术成就。"真事隐去，假语存焉"的特殊笔法更是令后世读者脑洞大开，揣测之说久而遂多。20世纪以来，《红楼梦》更以其丰富深刻的思想底蕴和异常出色的艺术成就使学术界产生了以其为研究对象的专门学问——红学。

二、《红楼梦》的艺术成就

在明清小说中，最为后人称道的莫过于《红楼梦》。鲁迅曾说："自有《红楼梦》出来以后，传统的思想和写法都打破了。"（《中国小说的历史的变迁》）该书问世不久，即以手抄本的形式广为流布，"可谓不胫而走者矣"（程伟元《红楼梦序》）。《红楼梦》在近百年间，由于其对艺术形象的成功塑造和极为深厚的思想内涵，使得学界出现了为专门研究《红楼梦》产生的一种学问——红学，这种情况即便是曹雪芹本人也是无法预料到的。曹雪芹当年将《红楼梦》一书"于悼红轩中披阅十载，增删五次，纂成目录，分出章回"之后，曾感慨万端地题写一绝："满纸荒唐言，一把辛酸泪。都云作者痴，谁解其中味？"（第一回）这也就成为红学家永远说不完的话题。

《红楼梦》突出的艺术成就，就是"它像生活和自然本身那样丰富、复杂，而且天然浑成"，它将人生的方方面面描写得细致深刻，富有感染力。小说中发生的重大的事件都被描绘得十分巧妙，随着故事进展的不断推进，角色的个性也不断地被展现出来，立体化又生活化。其细节描写和语言描写继承和发扬了过去作品中的优良传统。

《红楼梦》中刻画了数不胜数的经典人物，每一个都有着自己独一无二的性格特点，其中有不少经典形象至今还活跃在人们的日常生活中，成为中国乃至整个文学发展史上的一种永恒的典范。

在故事结构方面，《红楼梦》也做出了新的挑战和突破。它打破了过去《水浒传》《西游记》等小说剧情线和人物线单一的特点，使故事中的人物关系相互交织、相互牵连，形成了一种宏大、完备、浑然天成的艺术格局；在相同的时空中，错综复杂的故事情节在人物身上发生，同时也使得故事的推进与发展成为一个完整的过程，全面体现了作者高超的创作能力。

《红楼梦》中对环境的描绘极富诗意，其写作手法可谓多样。中国古典小说中，将优美的情境描绘与人物形象的塑造相结合，以体现出人物鲜明的性格特征，是作者独有的创作手法。曹雪芹并没有像普通的长篇小说那样详尽地描写人物所处的社会环境，而是运用看似随意却又别具一格的笔墨，把广泛的社会环境描写巧妙融入作品的细节描写之中，使人感悟其中蕴含着的风雨飘摇的时代特征以及特殊的社会氛围。

《红楼梦》是中国古典小说的巅峰之作，其结构之周密、描写之传神、人物之生动、语言之精妙、氛围之浓郁，使得它的艺术价值始终深深地感染着一代又一代的人们。不管是从思想内涵还是艺术手法上，《红楼梦》都呈现出一种全新的风貌，有着永恒的艺术感染力，这也使得它能够巍然屹立在世界文学之巅，丝毫不落下风。

三、《红楼梦》的语言特色

《红楼梦》的作者真是语言大师，他对中国古代优秀的文学传统进行了丰富和发展，使之达到了登峰造极的境界。《红楼梦》的文学语言以通俗易懂的北方口语为根基，融合古典书面语之精华，并经精练处理、艺术化加工，形成形象生动、细致凝练、行云流水、具有生命力和感染性的语言。这样描写的人物形象生动立体，传神地将人物的动作和情感刻画出来，让读者产生一种身临其境之感。例如第二十三回中，当宝玉听到贾政叫他时：

> 登时扫去兴头，脸上转了颜色，便拉着贾母扭的好似扭股儿糖，杀死不敢去……宝玉只得前去，一步挪不了三寸，蹭到这边……宝玉只得挨进门去……宝玉答应了，慢慢地退出去，向金钏儿笑着伸伸舌头，带着两个嬷嬷一溜烟去了。

小说运用漫画笔法对人物进行勾画，语言辛辣、诙谐，往往在滑稽的笑声里隐藏着严肃的内涵，包含着曹雪芹对人生的美学评价。老舍说："一本讽刺的戏剧或小说，必有个道德的目的，以笑来矫正或诛伐。"比如对薛蟠这个人物的勾画。

百万皇商的公子薛蟠，是个花花太岁似的人物，作者把他画成闹剧的脸谱，每回出现都像舞台上打着白鼻的丑角，虽然如此，却没有人会怀疑这个人物是从现实土壤中生长出来的。曹雪芹稍微对他加了点人工的发酵，经过艺术的夸张、对比、强调，增强了戏剧性。有些片段，作者对他尽情地调侃，快意地鞭挞，极力突出那最本质的特征，产生漫画般的艺术效果。

作者也曾用叙述的口吻介绍过他："性情奢侈，言语傲慢，虽也上过学，不过略识几个字，终日唯有斗鸡走马，游山玩景而已。"曹雪芹在纨绔子弟中，看够这类不学无术的典型，写来形象饱满，风趣无边。第二十六回中薛蟠生日，清客们送了四样珍贵的食品，薛蟠对宝玉说："左思右想，除我之外，唯你还配吃。"这句话并不是开玩笑，而是相当郑重思考后做出的结论，实在令人捧腹。这几个字，活脱薛大爷的语言。

接下去就让他拼命出洋相，为了附庸风雅，强不知以为知，错把"唐寅"读成"庚黄"。一说行酒令，赶忙站起来拦阻说："我不来，别算我，这竟是玩我呢！"极写其粗陋。酒令说不上来急得眼睛铃铛一般的模样儿，说错了就自己打自己一个嘴巴子的动作，唱着别人都发怔的"哼哼韵儿"。凡此种种，作者淋漓尽致地从各种不同的角度为他画像。

第四十七回"呆霸王调情遭苦打"，用笔辛辣、尖锐、入木三分。薛蟠见了柳湘莲，一副口角流涎、不堪入目的形象，不禁令人作呕。他出了北门，作者写了下面一段话：

　　一顿饭的工夫，只见薛蟠骑着一匹马，远远的赶了来，张着嘴，瞪着眼，头似拨浪鼓一般，不住左右乱瞧。

有酒胆、无饭力的呆家伙只几笔就被勾画出来了：洒喝得有八九分，歪戴着帽子，领口敞着，两眼直勾勾的样子，难怪柳湘莲要打他。

　　湘莲见前面人迹已稀，且有一带苇塘，便下马，将马拴在树上，向薛蟠笑道："你下来，咱们先设个誓，日后要变了心，告诉人去的，便应了誓。"薛蟠笑道："这话有理。"连忙下了马，也拴在树上，便跪下说道："我要日久变心，告诉人去的，天诛地灭！"一语未了，只听"噔"的一声，颈后好似铁锤砸下来，只觉得一阵黑，满眼金星乱迸，身不由己，便倒下来，湘莲走上来瞧瞧，知道他是个笨家，不惯揠打，只使了三分气力，向他脸上拍了几下，登时便开了果子铺。薛蟠先还要挣扎起来，又被湘莲用脚尖点了两点，仍旧跌倒，口内说道："原是两家情愿，你不依，只好说，为什么哄出我来打我？"一面说，一面乱骂。湘莲道："我把你瞎了眼的，你认认柳大爷是谁！你不说哀求，你还伤我！我打死你也无益，只给你个利害罢。"说着，便取了马鞭过来，从背至胫，打了三四十下。薛蟠酒已醒了大半，觉得疼痛难禁，不禁有"嗳哟"之声。湘莲冷笑道："也只如此！我只当你是不怕打的。"一面说，一面又把薛蟠的左腿拉起来，朝苇中汀泥处拉了几步，滚的满身泥水，又问道："你可认得我了？"薛蟠不应，只伏着哼哼。湘莲又掷下鞭子，用拳头向他身上擂了几下。薛蟠便乱滚乱叫，说："肋条折了。我知道你是正经人，因为我错听了旁人的话了。"湘莲道："不用拉别人，你只说现在的。"薛蟠道："现在没什么说的。不过你是个正经人，我错了。"湘莲道："还要说软些才饶你。"薛蟠哼哼着道："好兄弟。"湘莲便又一拳。薛蟠"嗳哟"了一声道："好哥哥。"湘莲又连两拳。薛蟠忙"嗳哟"叫道："好爷爷，饶了我这没眼睛的瞎子罢！从今以后我敬你怕你了。"湘莲道："你把那水喝两口。"薛蟠一面听了，一面皱眉道："那水脏得很，怎么喝得下去！"湘莲举拳就打。薛蟠忙道："我喝，喝。"说着说着，只得俯头向苇根下喝了一口，犹未咽下去，只听"哇"的一声，把方才吃的东西都吐了出来。湘莲道："好脏东西，你快吃尽了饶你。"薛蟠听了叩头不迭道："好歹积阴功饶我罢！这至死不能吃的。"湘莲道："这样气息，倒熏坏了我。"说着丢下薛蟠，便牵马认镫去了。这里薛蟠见他已去，心内方放下心来，后悔自己不该误认了人。待要挣扎起来，无奈遍身疼痛难禁。

曹雪芹写着这一切时，很鲜明地表示了他的爱憎，让读者在滑稽的笑声里，感到必须矫正什么，诛伐什么。透过薛蟠这一人物，很明显地让人看到封建社会的溃疡，表现出作者对这些生活现象的美学评价。显然，薛蟠挨了打后，作者的余兴未尽，又通过贾蓉的嘴来挖苦奚落他：

"薛大叔天天调情，今天调到苇子坑里，必定是龙王爷也爱上你风流，要你招驸马去，你就碰到龙犄角上了！"

《红楼梦》对景物的描述，更是另有一番趣味，怀有浓郁的情调和诗意。就在第四十九回中，宝玉早上醒来向窗外张望：

> 原来不是日光，竟是一夜大雪，下将有一尺多厚，天上仍是搓绵扯絮一般……出了院门，四顾一望，并无二色，远远的是青松翠竹，自己却如装在玻璃盒内一般……回头一看，恰是妙玉门前栊翠庵中有十数株红梅如胭脂一般，映着雪色，分外显得精神，好不有趣！

《续红楼凡例》的作者曾赞叹曹雪芹的写景特点："使读者惊心炫目，如亲历其境，亲见其人，亲尝其味。"他笔下的风景被描写得鲜活，栩栩如生，立体而又生动。我们仿佛不但可以看见，也可以听到，甚至还能够伸手触摸，好像一切感官都会跟随作者的笔游走。

"木美而定于斧斤，事美而制于刀笔。"曹雪芹在描写环境时，极少会中断正在进行着的故事而加入许多静态画面的描画。这种用笔虽然有，如第十一回凤姐眼中所见的宁府花园景色，但毕竟是很少的，大部分是在故事进程当中的点缀。这种写法，宛若天女散花，在迷雾缭绕的道路上，随意地抛撒下几朵，落地成景，点缀着大观园的万千气象。

在描写夏天的清和宁静时，作者从人们眼中所见、耳中所闻、手中所触瞬间捕捉到了盛夏的特别景致。第三十回中，作者先通过宝玉的眼中望去：

> 谁知目今盛暑之际，又当早饭已过，各处主仆人等多半都因日长神倦。宝玉背着手，到一处，一处鸦雀无声。

只"日长神倦""鸦雀无声"已写出暑热难当。然后又到凤姐的院落，"只见院门掩着"，平常这里二门上小厮不断来往回话，凤姐每从上房回来，小丫头们会一齐乱跑着说："奶奶下来了。"这里热闹非凡，打罗筛面的钟表声，金钟铜磬般的报时声，管家媳妇们的衣裙窸窣声，现在都听不到了。"只见院门掩着"，荣国府里人们出来进去吞吐量最大的一扇门也掩着了，进一步写盛夏的中午。宝玉再往前走是王夫人的上房，"只见几个丫头手里拿着针线，却打盹儿。王夫人在里间凉床上睡着，金钏儿坐在旁边捶腿，也乜斜着眼乱恍"。从人的倦态中捕捉住盛夏所特有的景象。不难想象：碧纱厨里，手抛书卷，香梦沉酣的是小姐；穿堂风里，阴凉下面偷空儿躲着休息的是丫头，她们都半躺半坐地进入朦胧之中。在火球般的炎日下，满架粉白的蔷薇都垂下了头，田田的荷叶在直曝的日光下无可躲闪地卷起了边儿，只有嗡嗡的蜂还在不知疲倦地忙着。

人们都睡着了，可是情节却在迅速地前进着。接着作者写了一段王夫人一手制造出来的金钏儿投井的事件，一片宁静中突然雷声大作，写法上已是有张有弛，动静交替。可是作者并没有忘记这是大伏天，宝玉见王夫人一醒，自己没趣，逃进大观园来。作者这样写着：

　　只见赤日当天，树阴匝地，满耳蝉声，静无人语。

　　短短十八个字，却是恰到好处地描绘出几个特定的场景。所见、所闻、所感皆是炎热的夏天，正是由于蝉声聒噪，才更显得无人说话的宁静；看见了满地树影，更令人想到似火的骄阳。静静的柳条垂着，树梢一动不动，楼台轩馆竹帘低垂。这一切更可以映衬宝玉那思潮翻卷、怦怦直跳的心。当他走到蔷薇架下，听到了有人哽咽之声，却不能马上看清是谁，因为这是夏天，一排花障正开着枝叶茂盛的蔷薇，挡住了宝玉的视线，他悄悄地隔着芍药栏才能看见龄官画蔷。

　　上面对夏天的描述，寥寥几笔就能捕捉到画面，描绘出光彩，让读者跟随入画。曹雪芹很有技巧地运用了这张长长的画卷之间人物活动的空隙进行点缀，既不见臃肿，也不显得笨拙。他写一片云彩，就让我们感到满纸烟雨，使这些一幅一幅闪过去的画面，每一幅都色彩斑斓。笔无虚设，惜墨如金，实在是以少胜多。

　　描写场面时，又写得生动活泼，富有立体感。如第四十回，写刘姥姥装疯卖傻，给贾府人们逗笑：

　　贾母这边说声"请"，刘姥姥便站起身来，高声说道："老刘，老刘，食量大似牛，吃个老母猪不抬头。"自己却鼓着腮不语。众人先是发怔，后来一听，上上下下都哈哈大笑起来。史湘云撑不住，一口饭都喷了出来；林黛玉笑岔了气，伏着桌子"嗳哟"；宝玉早滚到贾母怀里，贾母笑的搂着宝玉叫"心肝"；王夫人笑的用手指着凤姐，只说不出话来；薛姨妈也撑不住，口里茶喷了探春一裙子；探春手里的饭碗都合在迎春身上；惜春离了座位，拉着她奶母叫"揉一揉肠子"。地下无一个不弯腰屈背，也有躲出去蹲着笑去的，也有忍着笑上来替他姊妹换衣裳的，独有凤姐、鸳鸯二人撑着，还只管让刘姥姥。

　　语言是《红楼梦》中最能体现人物个性的形式。小说中角色的语言能够精确地反映出与其身份与地位相符的性格特点。黛玉语言敏锐；宝钗语言圆滑沉稳；湘云语言直率；宝玉语言平和，常有"呆话"；贾政的用词矫揉造作、平淡无趣；凤姐伶牙俐齿、口若悬河。比如，写凤姐和薛姨妈陪同贾母玩牌：

　　（凤姐）回头指贾母素日放钱的一个木匣子笑道："姨妈瞧瞧，那个里头不知顽了我多少去了。这一吊钱顽不了半个时辰，那里头的钱就招手儿叫他了。只等把这一吊也叫进去了，牌也不用斗了，老祖宗的气也平了，又有正经事儿差我办去了。"话未说完，引的众人笑个不住。偏有平儿怕钱不够，又送了一吊来。凤姐儿道："不用放在我跟前，也放在老太太的那一处罢。一齐叫进去倒省事，不用做两次，叫箱子里头的钱费事。"贾母笑的手里的牌撒了一桌子，推着鸳鸯，叫："快撕他的嘴！"

在描写主人公时，一方面要注重突出主人公的形象特点，另一方面也要顺应人物多元化和错综复杂的个性特征，真实描写出在各种情况下人物的各种表现和不同的语言风格。像凤姐，平日的谈吐妙趣横生，当大闹宁国府的时候，反而控制不住自己的情绪，语言也随之变得愤怒起来；宝钗平常的时候说话沉稳，但偶尔也会因为某些事情而生气；黛玉平常说话刻薄，但在对宝玉流露真情时，也不免变得真挚温情。

小说的创作与审美也讲求言简意赅，以一当十，含而不露，虚实相生的空白艺术手法。这种所谓"无墨之墨""无笔之笔"并不是完全空泛的，而是一种"计白当黑""化白为黑"的空白艺术运用。从接受美学的观点来说，一部优秀的作品，应该是由作者与读者一起创作的，作品的审美价值，是随着一遍又一遍地品读和诠释逐渐得到提升的。《红楼梦》在语言的空白艺术运用方面已经达到了我国古典小说的顶峰。

第三十四回中贾宝玉被贾政毒打后，林黛玉来探望的情景：

此时林黛玉虽不是嚎啕大哭，然越是这等无声之泣，气噎喉堵，更觉得厉害，心中虽然有万句言词，只是不能说得，半日，方抽抽噎噎的说道："你从此可都改了罢！"

这是一种欲说还休，话里有话，以少胜多的模糊语义，委婉地表达出黛玉的内心疼爱之情。真可谓"味之者无极，闻之者动心"。

在"酸凤姐大闹宁国府"这回中："贾蓉连忙跪下，劝道：'好婶娘！亲婶娘！以后蓉儿要不真心孝敬你老人家天打雷劈！'凤姐瞅了他一眼啐道：'谁信你这。'说到这里又咽住了。"这是为什么？联系上下文我们不难看出其中的内涵：蓉凤二人有不正当的关系，在这难以言传之中，我们可以窥见人物内心的极其微妙的活动。

伏尔泰有句名言："最乏味的艺术就是把话说尽！""话到嘴边留半句"才具有耐人寻味的魅力。话不说绝，话中有话，言近旨远，富有想象的余地，人物的语言含蓄传神，具有潜在的空白意蕴，是小说《红楼梦》语言空白的又一特征。第九十八回中，贾府张灯结彩，庆贺"新婚"之日，正是黛玉被病痛和爱情折磨得奄奄一息之时。

探春过来，摸了摸黛玉的手，已经凉了，连目光也都散了。

探春、紫鹃正哭着叫人端水来给黛玉擦洗，李纨赶忙进来了。

三个人才见了，不及说话。刚擦着，猛听黛玉直声叫道："宝玉，宝玉，你好……"，说到"好"字，便浑身冷汗，不作声了。

紫鹃等急忙扶住，那汗愈出，身子便渐渐的冷了。探春、李纨

叫人乱着拢头穿衣，只见黛玉两眼一翻，呜呼！

"宝玉，宝玉，你好……"这是黛玉留在人间的最后半句话！正是这"不全"的半句话，留下充满血泪的未尽之意，为读者留下广阔的想象空间。

《红楼梦》擅长在一瞬间抓住人物特有的表情、动作和心理状态，从而使人物形象栩栩如生起来。曹雪芹善于选择和提炼富有人物个性特点的文字，一方面能精确地展现出其特有的性格，另一方面又能体现出特定时代的风貌。这是一种表达能力很强的文字，他可以使角色所说的一切都是他本应说出来的。这里最根本的问题是"准"，没有"准"就谈不上生动、鲜明。茅盾高度赞赏《红楼梦》一书的语言，他认为"几乎隔房可辨其为何人口吻"。人物在什么时间、地点，一定会说出什么样的话而绝不会张冠李戴，这个特点被老舍称为"开口就响"。

作者在开篇第一回就非常明确地表态，他反对"千部一腔，千人一面"。因此，在这本书里，哪怕是一个很普通的人物，只写了他几百个字，或几十个字，也因为非常准地抓住了人物的灵魂，虽然出场稍纵即逝，但给人的印象却天长地久。比如第六十一回中作者写了一个司棋手里支使的小丫头莲花儿，让她到厨房要碗鸡蛋羹，柳家的说没有：

莲花儿道："前儿要吃豆腐，你弄了些馊的，叫他说了我一顿。今儿要鸡蛋又没有了，什么好东西，我就不信连鸡蛋都没有了，别叫我翻出来。"一面说，一面真个走来，揭起菜箱一看，只见里面果有十来个鸡蛋，说道："这不是？你就这么利害！吃的是主子的，我们的分例，你为什么心疼？又不是你下的蛋，怕人吃了。"

写来笔致活泼，我们不禁为这带有粗犷气的小丫头那伶俐的口齿喝起彩来。"文中用字，在当不在奇。"实在太恰当了，莲花儿出场不多，给人的印象却十分鲜明、生动。

品读《雷雨》：
话剧的成功重在舞台语言

一、关于《雷雨》

《雷雨》是现代话剧史上最杰出的剧作家之一——曹禺创作的戏剧作品。《雷雨》的创作借鉴了外国优秀剧作的丰富经验，是受到西方戏剧观念和创作方法影响的产物。这部曹禺的话剧处女作在中国现代话剧史上留下了浓墨重彩的一笔，它成功地表现了20世纪20年代中国带有浓厚封建色彩的资产阶级家庭中各种人物的个性特征、生活表现以及不同阶级之间的矛盾与冲突，成为中国现代第一出真正的悲剧，它被视为话剧这种外来艺术形式完全中国化的标志。曹禺也因此被称为"中国的莎士比亚"。

《雷雨》创作于社会动荡的1933年。曹禺在去保定宣传的火车上结识了一位有思想、有智慧的年轻工人。这便是剧中鲁大海这一人物的参考。此剧以1925年前后的中国社会为背景，描写了一个带有浓厚封建色彩的资产阶级家庭的悲剧。剧中情节皆在一天中发生，叙述了两个家庭八个人物三十年的家庭矛盾纠葛，所有的矛盾都爆发在这雷雨之夜，所有的丑恶秘密也一一被揭露。在揭露封建资产阶级家庭丑恶秘密的同时，反映了更为深层的社会及时代问题。

二、《雷雨》的结构特色

《雷雨》中的主要线索有两条：一条是以周朴园与妻子蘩漪的冲突为

代表的带有封建色彩的家庭矛盾悲剧；另一条是以周朴园与矿工鲁大海的冲突表现的地主资产阶级的专横，以及对受压迫的城市平民的同情。这两条线索又通过鲁侍萍而紧密地联系在一起，周、鲁两个不同阶级家庭之间的矛盾构成了尖锐复杂的戏剧冲突。

其结构特色如下：

第一，情节波澜起伏，具有很强的故事性，充满传奇色彩。《雷雨》所展示的是在不平等的社会里周、鲁两个家庭的悲剧与荒谬故事。而周、鲁两家复杂的血缘联系让家庭冲突与两种阶级的矛盾相互交叠穿插在一起，周朴园与繁漪、侍萍和大海之间的冲突，鲁侍萍和周萍的血缘关系及面对周萍动手打自己另一个儿子鲁大海时的心境，周萍与繁漪、四凤的意外关系，种种荒唐之事融合在一起，错综复杂，悬念迭起，扣人心弦。

第二，结构紧密集中。《雷雨》以冲突的突然爆发为起点，对事件复杂的因果关系进行了解释，将当时的情况与过去日积月累的矛盾联系起来，用过往的事情来说明当前的情况。而故事里发生的一系列冲突，都是在周家和鲁家仅仅二十四个小时中进行的。整部戏的主线——周朴园和他妻子之间的矛盾冲突非常突出，从而将其他人物之间的蛛丝马迹一一引出，让该剧八人都陷入了激烈的矛盾和冲突，构成了一个步步深入、层层递进的严密体系。

第三，明暗双线犬牙交错，富有深刻内涵。剧作中周朴园和繁漪的冲突是一条明线，牵连出其他曾经理下的引线；周朴园和侍萍的关系则是一条暗线，成为各种冲突矛盾的导火索。这两条线索同时并存，穿插交错，相互作用，使情节波澜起伏，扣人心弦。最后，在周、鲁两家三十年恩怨旧景重现的基础上，将剧情推向高潮，接连引发了一系列悲剧。

《雷雨》结构的独到之处，使作品成为一部具有中国时代特色、故事性强、震撼人心的优秀剧作。这是作者在借鉴吸收国外剧作精华，同时结合我国大众艺术欣赏习惯的基础上，创作出来的经典之作。

《雷雨》剧作将"三一律"原则用到极致，两个家庭八个人物，剧中情节仅发生在短短的二十四小时之内，却牵扯了过去三十年的的恩怨情仇。狭小的舞台上不仅展现出了伦理与阶级的矛盾，还有在这个环境、时代的背景下个体生活差异的矛盾，人物的个性特征在种种针锋相对中被完美塑造。其实悲剧早已隐藏在人物的每一句话、每一个过去埋藏的伏笔中，只是到最后在某一个契机之下才终于集中爆发出来，在雷电交加之夜，化作一场瓢泼大雨，猛烈地冲刷着每个人的灵魂。

三、话剧语言的舞台化

《雷雨》以引人入胜的曲折情节，简洁精练的口语化语言，特色鲜明的人物，以及无处不有的潜台词，轻轻几下便触动读者的心弦，那抖颤而出的余音，久久未能平息。《雷雨》十分重视舞台效果，对音响和色彩效果也不吝展示，在自然景物、人物肖像方面也不惜浓墨重彩地表现出来。

（一）语言口语化程度高

曹禺注重从朴素的口语中提炼精华，在此基础上进行文学化的加工，使不同文化水平的观众都能体验到不同的感受。文化水平低的观众能够明白故事情节，而文化水平高的观众能挖掘更深层次的内涵和丰厚蕴味。因而他的话剧语言极质朴又十分生活化，不华丽、不做作，短短一两句话就把人物丰富的心理活动和复杂的形象特征精确地刻画出来。

　　鲁大海　（对仆人）你们这些混帐东西，放开我。我要说，你故意淹死了两千二百个小工，每一个小工的性命你扣三百块钱！姓周的，你发的是绝子绝孙的昧心财！你现在还——

　　周萍　（忍不住气，走到大海面前，重重地打他两个嘴巴。）你这种混帐东西！（大海立刻要还手，但是被周宅的仆人们拉住。）

　　打他！

　　鲁大海　（向萍高声）你，你！（正要骂，仆人一起打大海。大海头流血。侍萍哭喊着护大海。）

　　周朴园　（厉声）不要打人！（仆人们住手，仍拉住大海。）

周萍是周家的长子，大海当众揭露他父亲的恶行，为了父亲和家族名誉着想，他怎能不大打出手？鲁大海一个气极时说得磕磕绊绊的"你"

字，透露着对周萍、周朴园和整个周家的愤怒和恨意。"不要打人"仅四个字就生动凝练地展现出周朴园委曲求全的复杂内心，惹人同情。周朴园厉声喝止并非不忍两个儿子在打斗中受伤，而是认为打人这等无序之事不应在他以为的"最圆满，最有秩序"的家庭里发生，同时，又怕激怒侍萍揭穿他隐藏多年的秘密。像这样简单而准确，朴素而富有感情，生动而个性十足的口语化语言，在《雷雨》里是数不胜数的。

（二）既个性化又情境化

话剧讲究用对话展现人物特色，它要求人物对话既能够匹配人物的性格特征，即个性化，同时又要灵活地随着特定戏剧情境的变化而变化，即情境化。这在曹禺的剧作中得到了充分的体现。所谓人物语言个性化，就是什么样的人说什么样的话；而人物语言情境化，就是在什么样的地方说什么样的话。

> 周朴园　（忽然严厉地）你来干什么？
>
> 鲁侍萍　不是我要来的。
>
> 周朴园　谁指使你来的？
>
> 鲁侍萍　（悲愤）命，不公平的命指使我来的！

这几句撕破了周朴园多情的面纱，露出其冷漠专横的本质。起初还是一副脉脉含情，好似沉浸在感情中无法自拔的伪君子之态，因为感受到鲁侍萍可能带来的名声和利益的威胁，态度立马急转直下。语言是人物个性最直观的展现，这个转变完全出于人的本能，语言无法掩饰得了。

> 周朴园　那么，我们就这样解决了。我叫他下来，你看一看他，以后鲁家的人永远不许再到周家来。
>
> 鲁侍萍　我希望这一生不要再见你。
>
> 周朴园　（由内衣取出支票，签好）很好，这是一张五千块钱的支票，你可以先拿去用。算是弥补我一点罪过。

语言将周朴园无情又无义的本质展露无余，高高在上，摆足了架子，即使是在外人面前，也无法隐藏。他本能地以为钱可以解决一切，钱可以摆平一切，一个封建的资产阶级者的冷酷、伪善一览无余。在这里，语言是灵魂的直接表现，它不需经过非常繁复的修饰，就可以让读者最直观地感受人物性格，真实又生动。

（三）富有动作性

语言的艺术水平非常能够衡量话剧的艺术价值，而对白的动作性则是语言艺术的关键衡量标准，它对于推动剧情发展和打造人物形象具有十分重要的作用。语言的动作性即通过人物的对话以及话语中的内涵来推动情节发展、表达作品核心的主旨。它想表现的是语言并非静止的，它是人物性格最直观的展现。《雷雨》语言有着很强的动作性，富有强烈的情感冲击力。

　　鲁侍萍　（大哭起来）哦，这真是一群强盗！（走至周萍面前，抽咽）你是萍，——凭，——凭什么打我的儿子？

　　这句话出现在第二幕鲁大海揭穿周朴园的罪恶被周萍打后，饱含了侍萍极其复杂的感情。她惊讶于自己日思夜想的亲儿子周萍竟然如此狠毒，"你是萍"是她渴望母子相认的急切心理，话一出口，理智又使得她幡然醒悟，巧用了谐音"凭"，愤怒斥责周萍对儿子鲁大海的伤害。这一个谐音"凭"字的转换十分巧妙，鲜活地表达出她内心世界的矛盾和痛苦。

（四）丰富的潜台词

　　潜台词即是话中有话，弦外有音，有言外之意。语言精练而富有内涵是潜台词的特点。通过潜台词可以窥见人物丰富的内心世界。

　　周朴园　（汗涔涔地）哦。
　　鲁侍萍　她不是小姐，她是无锡周公馆梅妈的女儿，她叫侍萍。

　　周朴园　（抬起头来）　你姓什么？

　　鲁侍萍　我姓鲁，老爷。

　　"你姓什么？"的言外之意就是："你怎么知道得这么清楚？"戏剧的特点决定了潜台词与戏剧之间的特殊缘分。欧洲古典戏剧的"三一律"原则——即时间一律，地点（场景）一律，情节一律可以为之做出解释。时间有限、情节紧凑的戏剧在语言上岂能繁杂拖沓？若用大量的语言把所有事情交代清楚，岂不要演三天三夜？若是把什么都说得明白直接，那戏剧独特的魅力也荡然无存了。

　　曹禺不愧是语言大师，他善于把众多的人物纳入一流的情节结构中，制造出一个又一个紧张的场面和强烈的戏剧冲突，再加上语言的活泼和生动，才使《雷雨》的演出效果获得如此成功！

品读《边城》：
酸甜适度的语言铸就这一曲田园牧歌

一、关于《边城》

《边城》的作者沈从文（1902—1988）原名沈岳焕，字崇文，湖南凤凰县人，现代著名作家、历史文物研究家、京派小说代表人物。沈从文的写作倾向于浪漫主义，具有诗意效果，融写实、纪梦与象征于一体，文字朴实精练，句式简单明白，主干突出，朴实厚重，生动传神，富有鲜明的地域乡土气息，着重凸显了远离城市的乡土风情中特殊的气韵。在作品整体的创作中，充斥着对生活的忧虑与对生命的思索，发人深省。

沈从文的名著《边城》充分地反映了沈从文对"美"和"爱"的审美理念，这是他对人性中美与爱的最好诠释。这部作品反映了以20世纪30年代的一个小镇——"茶峒"为大背景的湘西独特的民俗风情。作品以兼具抒情诗和小品文特点的优美笔触，以湘西少女翠翠与爱人傩送从相爱到相离的情感悲剧，表现出一种人性的善良真挚和灵魂的简单纯净。而湘西的孩子们却无法掌握"自然"与"人事"的宿命，世世代代地发生着悲剧，同时，作品中也对民族、对个体的苦难寄予了同情。《边城》以其简洁质朴的艺术特征和美好真挚的地方特色，赢得了广大国内外读者的喜爱，并为中国现代文学的发展打下了坚实的基础。

1931年，沈从文完成《边城》的创作。彼时，尽管社会上风起云涌，但整体上相对平静。中国有良知的学者，都开始反思人类的本性，沈从文就是其中的佼佼者。因此，他想通过描绘湘西一座宛如世外桃源一般美好的小城，为迷失于浮躁都市之中的人指明一条道路——世间仍有不染纤尘的爱。

《边城》的主旨，用沈从文的说法是："我要表现的本是一种'人生的形式'，一种'优美、健康、自然'而又不悖乎人性的人生形式。"《边城》主要借助一对年轻男女最纯粹的爱、祖孙之间血浓于水的动人亲情、邻里之间相互协助的友爱，来体现人间的美与爱。作品通过翠翠、傩送未能修成正果的爱情悲剧，来减轻现实的重负和痛苦，赞美一种朴素的、真挚的人生态度。翠翠与傩送这对彼此深爱着对方的小城青年既没有轰轰烈烈的海誓山盟，也没有腐朽的、充满铜臭味的物欲和权欲，他们只是单纯地享受着在大自然、在乡野中孕育出的纯真而又健康的爱情。在小说里，沈从文不但热烈地赞美了这两位青年的"爱"，同时也饱含热情地歌颂了从中映衬出的湘西人纯洁质朴的心灵。

二、《边城》的艺术特色

(一) 写意传神的人物形象描写

小说中，翠翠是沈从文热切追求的美好人性的化身。作者是这样描写这个美丽而又善良的少女翠翠的："自然既长养她且教育她，故天真活泼，处处俨然如一只小兽物，人又那么乖，如山头黄麂一样，从不想到残忍事情，从不发愁，从不动气。"

除此之外，《边城》这部作品中在人物形象塑造方面有个突出的特点——多用心理描写。"（翠翠）平时在渡船上遇到陌生人对她有所注意时，便把光光的眼睛瞅着那陌生人，作成随时皆可举步逃入深山的神气，但明白了人无机心后，就又从从容容在水边玩耍了。"这一心理描写，立刻使读者想象出一位健康而又水灵的乡村少女形象来。

（二）散文诗化的结构

汪曾祺先生曾经说过："《边城》的结构异常完美。二十一节，一气呵成；而各节又各自起讫，是一首一首圆满的散文长诗。"司马长风也说："《边城》是散文诗的画卷。"小说以散文笔法对故事做了极为详尽的描绘，同时又营造了诗的意境。翠翠纯真、老船夫朴实、船总一家慷慨，再加上端午龙舟竞渡、中秋月下对歌、花轿迎亲，各部分的记叙十分自然，山水、人事、文化在这幅美好画卷中融为一体，宛如一曲中国现代田园牧歌。沈从文对场景细节的刻画、娓娓道来的缓慢节奏、清新优美的语言，书写了如诗如画的边城风情，古朴、平静、温暖、美好的湘西世界展现在读者眼前，令人身临其境。

（三）隐匿的悲剧意蕴

《边城》整体来看是一部展现各种人间之爱、人性之美的作品。但这美好的背后隐伏着悲痛，它仍是一部集爱情悲剧、生命悲剧和人性悲剧为一体的小说。

清新淡雅与诗情画意的笔触给读者带来自然美好和欢快祥和的阅读体验。正因如此，这使很多人忽略了作品单纯美好背后的沉重。湘西世界的生活是浪漫的、美丽的，也是简单的、朴素的，更是封闭的、落后的。翠翠凄惨的身世、爱人的离开、亲人的逝去，留给她的是孤独的守望与未知的等待。翠翠的爱情悲剧在于她因受传统思想的束缚一直压抑着自己的感情，也表达不出自己爱的语言，致使她与傩送一直缺乏有效的沟通，最终没能走到一起。可以说，翠翠是那个时代渴望自由的爱情与婚姻却又受到文化压抑的矛盾的女性代表。老船夫的悲剧在于他固守着命定的思想，翠翠父母的死给他留下了不小的心理创伤。老船夫对翠翠的婚事总是过度谨慎，生怕翠翠重演女儿的悲剧。但他的犹豫不决也间接导致天保遇难身亡，傩送内疚离开。最后老人心中郁结，在狂风暴雨的夜里抱憾离世。

（四）象征意象的选取

1. 自然意象象征分析

《边城》这部作品选取了很多的自然意象。

首先是贯穿了整篇文章的水。《边城》中的一切情景都是在水边发生的，一切故事都关于水来展开。像赛龙舟、捉鸭子这些茶峒人民的日常活动，都验证了水和这个地方人民的生活紧密相关。但哺育了这片土地上千千万万生命的水，也给他们带来了灾难。在十几年前，这溪水将翠翠的母亲带走；十几年后，爱人傩送的兄长天保也永远地离开，甚至还包括与她两情相悦的傩送和唯一的亲人。对于翠翠来说，这水是造成她悲剧的源头，但故事仍然要在这里继续，她也仍旧要在水边生活，在水边等着一个没有归期的爱人。

其次是虎耳草。虎耳草一般生长在半山腰，是极难取得的植物。虎耳草的第一次出现，是听了祖父给自己讲述母亲的爱情故事，翠翠的梦中出现"平时攀折不到手"的虎耳草，"这时节却可以选顶大的叶子作伞"。翠翠心里萌发的对傩送的朦胧感情，此时慢慢明朗了。第二次出现虎耳草是听到傩送唱歌的梦中。"像跟了这声音各处飞，飞到对溪悬崖半腰，摘了一大把虎耳草。"情窦初开的翠翠不知傩送是否也对自己抱有感情，因此她"不知道把这东西交给谁去"。虎耳草最后一次出现在梦中，祖父唱着傩送昨晚为她唱的情歌。这时傩送对自己的心意已经明了，两人两情相悦，"我又摘了一把虎耳草了"，她也知道该把虎耳草交给谁了。

2. 社会意象象征分析

《边城》中也有着太多的社会象征意象。在作品中，两个婚姻形式的代表——"渡船"与"碾坊"，更是意味着两种截然不同的人生抉择。"渡船"是一种古朴的文明符号，象征的是湘西人的传统价值观；而碾坊则是对传统物质文明产生冲击的新的价值观念，特点是对金钱的追求。在两者之间的抉择中，碾坊成为人们茶余饭后的谈资，而船总顺顺也有着对碾坊的偏爱，种种迹象表明了这座古镇正在悄然地被现代的金钱观念所侵蚀，在不知不觉中影响着人们。

（五）浓郁的地方色彩

《边城》中作者花了很多的笔墨交代故事的历史、地理和文化背景，还有那些坦诚勇敢、富有活力的湘西人民，使得那里流动的一切都充满了湘西本土特色，使故事成为整个地域文化中的一幕。如写"龙舟竞渡"的船只就如水中绿头长颈大雄鸭散布在河面互相追逐一般，雄奇而有趣。翠翠的纯洁美好、老船夫的纯朴厚道、傩送的细腻真诚、天保的豪爽慷慨。文中描写的这些小城人家的风俗画，让我们看到了湘西古朴淳厚的民风民俗，显示出独特而浓郁的湘西地方色彩。

有人说《边城》的最动人之处怕就是那绮丽动人的湘西风光。沈从文描摹湘西景物的千姿百态、自然山水的荒莽而秀美，勾勒出一幅幅优美和清新的湘西风景画。远山积翠，溪水潺潺；傍山造屋，临水建楼。这是一卷卷山水长轴，是细腻的风光和工笔，是一个理想的世界。这种独特的地方色彩深情、厚重，浓得化不开。

三、《边城》的语言特点

（一）自然质朴含蓄

汪曾祺先生说："《边城》的语言是沈从文盛年的语言，最好的语言。既不似初期那样的放笔横扫，不加节制；也不似后期那样过事雕琢，流于晦涩。这时期的语言，每一句都'鼓立'饱满，充满水分，酸甜适度，像一篮新摘的烟台玛瑙樱桃。"这一评价正概括了《边城》语言特色：自然质朴含蓄。

"是谁人？"

"我是翠翠！"

"翠翠又是谁？"

"是碧溪岨撑渡船的孙女。"

"这里又没有人过渡，你在这儿做什么？"

"我等我爷爷。我等他来好回家去。"

"等他来他可不会来。你爷爷一定到城里军营里喝了酒，醉倒后被人抬回去了！"

"他不会这样子。他答应来找我，就一定会来的。"

"这里等也不成，到我家里去，到那边点了灯的楼上去，等爷爷来找你好不好？"

翠翠误解了邀她到房间里的人的善意，脑中突然想起水手所说的关于妇人的丑陋之事，她认为这个男人想让她去到有女人唱歌的楼上去。从来没有说过一句狠话的翠翠，又因为等祖父等了很长时间，心里十分着急，一听说有人要她到那处去，以为自己被欺负了，就轻地声说："你个悖时砍脑壳的！"话虽轻轻的，那男的却听得出，且从声音上听得出翠翠年纪，便带笑说："怎么，你那么小小的还会骂人！你不愿意上去，要呆在这儿，回头水里大鱼来咬了你，可不要叫喊救命！"

翠翠说："鱼咬了我也不管你的事。"

乍看再平常不过的一段男女对话，但如果细加研读，反复品味，就会感觉到别有韵味。翠翠的纯朴、天真，傩送的古道热肠，"边城"的民风淳朴，"世外桃源"般的世界都从文字中体现了出来。

（二）清新恬淡的画面美

沈从文在描写湘西风光时，非常注重对色彩的变换，他那绚烂的笔，撷取了丰繁的色彩词，把故事发生的自然环境逼真地在读者的眼前呈现：

白河下游到辰州与沅水汇流后，便略显浑浊，有出山泉水的意思。若溯流而上，则三丈五丈的深潭皆清澈见底。深潭为白日所映照，河底小小白石子，有花纹的玛瑙石子，全看得明明白白。水中游鱼来去，皆如浮在空气里。两岸多高山，山中多可以造纸的细竹，长年作深翠颜色，逼人眼目，近水人家多在桃花杏花里，春天时只需注意，凡有桃花处必有人家，凡有人家处必有沽酒。夏天则晒晾在日光下耀目的紫花布衣裤，可以作为人家所在的旗帜。秋冬来时，房屋在悬崖上的，滨水的，无不朗然入目，黄泥的墙，乌黑的瓦，位置则永远那么妥帖，且与四围环境极其调和，使人迎面得到的印象，非常愉快。

这一部分的描绘字里行间都沁透着水的澄澈干净。以水为背景，自然而巧妙地涂抹上翠绿。水与绿色交相辉映，一派生机盎然之景象，这样使整个画面形成了一种清爽、和谐的格调，衬托出依山水而生的湘西土家人那种纯真美好的性格特征，流露出作者对他们所寄予的深深的怀念与情爱。

（三）富于地域色彩美感的辞格——排比、比喻

《边城》中多用形式多样的修辞来绘景描人、抒发情感，其中最突出的是独具地方特色的排比运用。例如：

①边地俗话说："火是各处可烧的，水是各处可流的，日月是各处可照的，爱情是各处可到的。"

②她喜欢看扑粉满脸的新嫁娘，喜欢说到关于新嫁娘的故事，喜欢把野花戴到头上去，还喜欢听人唱歌。茶峒人的歌声，缠绵处她已领略得出。

好的比喻可以引发读者丰富的想象，让人感觉仿佛身在其中，给人以不可磨灭的印象。沈从文在作品中恰当地运用了具有鲜明地方色彩的比喻，给人耳目一新的感觉。

①小溪流下去，绕山岨流，约三里便汇入茶峒的大河，溪流如弓背，山路如弓弦，故远近有了个小小的差异。

②祖父看着那种情景，明白翠翠的心事了，老船夫心中异常柔和了。轻轻的自言自语说："每一只船总要有个码头，每只雀儿得有个巢。"

有时，作品为了达到更加新颖的多种形式的美感，把多种修辞格有机地交织在一起。例如：

翠翠在风日里长养着，把皮肤变得黑黑的，触目为青山绿水，故眸子清明如水晶。自然既长养她且教育她，故天真活泼，处处俨然如一只小兽物。人又那么乖，如山头黄麂一样，从不想到残忍事情，从不发愁，从不动气。

由此可见，沈从文运用修辞手法时着重凸显地域色彩和感情色彩，词语及喻体的选用都是湘西无人不晓的事物，给人以亲近之感。

（四）语言"陌生化"

"陌生化"是由什克洛夫斯基提出的俄国形式主义学派的代表理论。他认为文学的任务在于"陌生化"对熟悉事物的感知，"陌生化"熟悉的语言表达，以此打破我们对世界的"习惯"以及机械、一成不变的认知，以全新的角度去感知事物，这正是文学的"文学性"之根本所在。

1. 多用单音词

①人若过溪越小山走去，则只一里路就到了茶峒城边。溪流如弓背，山路如弓弦，故远近有了小小差异。

②目送这些东西走去很远了，方回转船上，把船牵靠近家的岸边。且独自低低的学小羊叫着，学母牛叫着，或采一把野花缚在头上，独自装扮新娘子。

③翠翠一面走一面问那拿火把的人，是谁告他就知道她在

河边。

④他从河里捉鸭子回来，在码头上见你，他说好意请你上

家里坐坐，等候你爷爷，你还骂过他！

以单音节词替换双音节词，简要精练，体现出古文委婉含蓄之美，

达到言简意赅，字尽而意无穷的境地。

2. 突破常规用语规范

为了体现文字无限的意义张力，拓宽视觉阅读中文字表达的边界，

沈从文还常常有意打破惯用的用语规范，跳出词与词之间的常规搭配。

在《边城》中量词与名词的陌生化组合包括两种情况。一种是修饰

某一具体事物的量词和另一具体事物搭配。以此事物的量词搭配彼事物，

使彼事物也获得了此事物的某种特性：

天夜了，有一匹大萤火虫尾上闪着蓝光，很迅速的从翠翠

身旁飞过去。

另一种量名搭配的陌生化，是把修饰具体事物的量词与抽象事物相

搭配。抽象的事物原本是如镜花水月般难以捉摸的，而通过匹配修饰具

体事物的量词，则使之具有了一种具象化的效果，变得可视可闻、可触

可感了。如：

因为翠翠的长成，使祖父记起了些旧事，从掩埋在一大堆时间里的故事中重新找回了些东西。

3. 词语降用和偏离

词语的降用，是指为了积极地表达目的，把本来具有"重大义"的词，降为生活中的一般词语使用。从而突破词语事物之间约定俗成的固定搭配，形成表面上大词小用的"不协调"的话语形式，并在这"不协调"中产生新颖别致之感。《边城》中名词的降用，对于人物形象的刻画，起着非常重要的作用。如：

①到了晚间，却轮流的接待商人同水手，切切实实尽一个妓女应尽的义务。

②在职务上毫不儿戏的老船夫，因为明白过渡人皆是赶回城中吃晚饭的人，来一个就渡一个，不便要人站在那岸边呆等，故不上岸来。

许多词语，不仅涵盖了理性的意义，而且带有一定的情感色彩，或褒或贬，具有鲜明的倾向。如果反其意而用之，偏离常规，就造成了陌生化的效果，使读者感受到一种"言外之意"。如：

①倘若有人当时就想喝一口祖父葫芦中的酒，这老船夫也从不吝啬，必很快的就把葫芦递过去。酒喝过后，那兵营中人卷舌子舔着嘴唇，称赞酒好，于是又必被勒迫着喝第二口。

②把这些药搁在家中当眼处，一见过渡人神气不对，就忙匆匆的把药取来，善意的勒迫这过路人使用他的药方。

③在河街见到了大老，就一把拉住那小伙子，很快乐的说："大老，你这个人，又走车路又走马路，是怎样一个狡猾东西！"

沈从文一生以"乡下人"自居，与他笔下好高骛远、急功近利的城市文明人总是怀有着距离感。而在《边城》中，他经常以违背常理的语言运用来表现湘西人未经社会浸染的质朴和可贵的本真，如：

有人心中不安，抓了一把钱掷到船板上时，管渡船的必为一一拾起，依然塞到那人手心里去，俨然吵嘴时的认真神气："我有了口粮，三斗米，七百钱，够了。谁要这个！"

《边城》运用陌生化的语言描绘出陌生化的人物形象，让读者沉浸在一个纯洁本真，还未被现代文明沾染、浸染的湘西世外桃源。当然，沈从文笔下的"边城社会"不完全是现实中的社会，还寄予了他美好的期许和想象。"有人用文字写人类行为的历史，我要写我自己的心和梦的历史。"正如沈从文自己所说，面对腐朽的现代社会人性，他希望基于现实中的湘西本土世界想象着"创造出一个良善的社会"，描绘一幅人类"幸福的生活"的美好画面，以表达对和睦仁爱世界的追求和向往。

品读《骆驼祥子》:
十足"京味"写尽旧社会底层苦难生活

一、关于《骆驼祥子》

《骆驼祥子》的作者老舍（1899—1966），原名舒庆春，字舍予，出生在北京西城一个满族城市贫民家庭，是现代著名作家、中国现代小说家、文学家、戏剧家，也是杰出的"语言艺术大师""人民艺术家"。老舍的长篇小说《骆驼祥子》《四世同堂》，剧本《茶馆》等作品中，都有着十足的"北京味"、幽默风。他的语言以北京话为基础，平易、质朴、简练，在现代作家中也是别具一格，是"京味小说"的源头。

老舍从小在北京底层市民的环境中生活，这与他1936年发表的代表作《骆驼祥子》的故事背景有着极为紧密的关联。《骆驼祥子》这部小说的创作历时一年，于1936年在《宇宙风》上发表并连载，这也是老舍最满意的一部作品。老舍对文化批判和民族性问题尤为重视。他在《骆驼祥子》中以一种沉着的目光，对转型时期的中国文化，特别是俗文化进行了一次批评性的审视，其中还交杂着些许依恋，而这一切又是通过描绘北京底层市民日常生活表现出来的。他是第一个通过文学表现把"乡土"中国社会现代性变革过程中小市民阶层的命运、思想与心理展示出来的作家，并以此取得了极大成就。

《骆驼祥子》讲述了20世纪20年代一个再平凡不过的人力车夫的悲惨故事，是现代白话文小说的经典作品。作者使用了数不胜数的北京口语、方言，生动地描写出了老北京的风土人情，深刻体现出这部作品的乡土化和生活化。它借一位北京普通底层市民的辛酸生活，深刻揭示了旧中国的黑暗，批判了剥削、压迫劳动者的统治阶级，表达了作者对在军阀混战、黑暗统治下苦苦挣扎的北京底层贫苦市民的深切同情。

二、《骆驼祥子》的中心思想

《骆驼祥子》通过人力车夫祥子一生曲曲折折、沉沦于痛苦深渊的故事，揭露了半殖民地半封建的中国社会底层人民的艰苦生活和悲惨命运。《骆驼祥子》这部小说的思想是通过祥子的悲剧来分析的。造成祥子悲剧的原因主要有主、客观两方面：

从客观上来说，祥子的悲剧缘于把人变成鬼的旧社会的逼迫。祥子想拥有一辆属于自己的车的愿望仅仅是一个独立的劳动者最基本的心愿，然而在那样腐朽的社会里，这一再普通不过的愿望却成了奢望。祥子一生饱经风霜，三起三落。他的悲惨命运就在于无法以一己之力与这个暗无天日的社会抗衡，也是这个社会把他从"人"变成了"鬼"——个人主义的末路鬼。

从主观上来说，个人奋斗的理想与心理上的弱点的冲突也是祥子最终堕落的缘由。祥子悲剧的产生，与他长久以来的"执迷不悟"有所关联，他没有看透那个时代的社会黑暗腐朽的根源，也没有认识到，在这种情况下，仅仅依靠他个人的努力是不能脱离贫困的。他竭尽所能地抵抗着自己的命运，但不断而来的灾难使他产生了绝望的念头。最终，在虎妞和小福子接连离去的噩耗之下，他失去了理智，支撑他道德的砥柱完全倾垮了，最后他自己堕落到了不务正业的无产者的行列。

祥子的悲惨之处，就是他用自己的鲜血和泪水，来诉说旧时代对工人们的残酷压迫和蹂躏。这是一部真实的底层劳动人民沉溺于命运的悲惨图景。祥子从努力地摸爬滚打，到完全堕入黑暗的过程，无情又真切地将旧社会对人的折磨剖解开来展现在读者眼前。作品最后指出个人奋斗并非是使劳动者脱离贫穷转变处境的正途。祥子是在自己不懈的斗争中挣扎向前的，他的思想根基其实是个人主义。当个体努力成功时，就会体现出积极进取的面貌；一旦遭遇挫折，就会变得自私；在一次次的挫折之后，由自私自利转变成了损害别人的利益来苟且偷生。《骆驼祥子》既对祥子仅仅追求个人奋斗的人生历程进行了否定，又残忍地揭露了其悲剧产生的根源。这表明了祥子单靠个人奋斗来改变命运是行不通的。

《骆驼祥子》从民族和文化的出路出发，对祥子的人生进行了反思。祥子的悲剧并不仅仅是他个人的悲剧，作品以最简单最平凡的人物叙述着背后折射出的深刻的文化与时代的因子。这本书描写了许许多多再平凡不过的人物，这些人有的无法扛住家庭的负担，有的因为战争而失去了亲人，甚至还有人为了养活兄弟牺牲自己的身体。社会底层人民的不幸遭遇，既是个体的不幸，也是整个历史的不幸。凡是生活在这种腐败社会里的人，最后都免不了落得像祥子那样的下场，直到他们意识到这些灾难的根源，团结一致，把那个吃人的社会和制度都打垮。

三、《骆驼祥子》的语言特点

（一）简单朴素的生活语言

《骆驼祥子》的语言，最初读起来似乎平淡如水，待细细品味，就越发觉得此中馨香，回味无穷。这种简单平实的语言，别具生活化，即便没有华丽的辞藻和大量繁杂的修饰，也仍然能够给人一种质朴的美的感受，不事雕琢却又不寡淡无味。作者文末这样评价祥子的一生：

> 体面的，要强的，好梦想的，利己的，个人的，健壮的，伟大的，祥子，不知陪着人家送了多少回殡；不知道何时何地会埋起他自己来，埋起这堕落的，自私的，不幸的，社会病胎里的产儿，个人主义的末路鬼！

用几个简单的形容词，就总结出了祥子的一生，十分精简，但却充满了力量。三言两语就表达出对祥子悲惨命运的痛惜，也充斥着对那个丑恶社会的愤恨与谴责。

作者用语清楚明了，对人物形象的塑造却相当精确生动，对黑暗社会的批判也非常彻底。如第十八节中描写刚刚开始下雨时的情景：

云还没铺满了天，地上已经很黑，极亮极热的晴午忽然变成黑夜了似的。风带着雨星，像在地上寻找什么似的，东一头西一头的乱撞。北边远处一个红闪，像把黑云掀开一块，露出一大片血似的。风小了，可是利飕有劲，使人颤抖。一阵这样的风过去，一切都不知怎好似的，连柳树都惊疑不定的等着点什么。又一个闪，正在头上，白亮亮的雨点紧跟着落下来，极硬的砸起许多尘土，土里微带着雨气。大雨点停了，黑云铺匀了满天。又一阵风，比以前的更厉害，柳枝横着飞，尘土往四下里走，雨道往下落；风，土，雨，混在一处，联成一片，横着竖着都灰茫茫冷飕飕，一切的东西都被裹在里面，辨不清哪是树，哪是地，哪是云，四面八方全乱，全响，全迷糊。

这里描绘下雨时自然环境的各种动态，天空地面，暴风骤雨，黑云绿柳，寥寥几笔，一幅厚重的水墨巨卷就出现在众人面前。越简洁的文字就越是生动，越能体现出作者的文字造诣。老舍还表示，他更倾向于用通俗的语言来写作。这一点在《骆驼祥子》中已经得以验证。第三节中几句话写出了祥子卖骆驼的矛盾心理："况且，可以拿到手的三十五块现洋似乎比希望中的一万块更可靠。虽然一条命只换来三十五块钱的确是少一些！就单说三条大活骆驼，也不能，绝不能，只值三十五块大洋！可是，有什么法儿呢！"几句朴实无华的话，既是卖骆驼的纠结与矛盾，也是穷苦人民对现实的无奈。

白话虽然通俗、朴素，但并不缺乏内涵和深度。卖了骆驼之后的祥子，听刘四爷说卖给"汤锅"可以赚更多的钱，心里又是一阵复杂：

> 祥子早就有点后悔，一听这个，更难过了。可是，继而一想，把三只活活的牲口卖给汤锅去挨刀，有点缺德；他和骆驼都是逃出来的，就都该活着。什么也没说，他心中平静了下去。

祥子虽穷，到底还是个心地善良的人，心思单纯的他心理活动自然也不会是满怀心计的——虽然卖得便宜了，不过他问心无愧。然而，在老舍的文字中，又常常能显露出神奇之处来，这段文字既是祥子内心的真实反映，又是祥子个性的体现。在这儿，作者笔下的语言跟祥子一样简单质朴，按照祥子的性格，他会想什么，作者就写什么。

（二）浓郁醇厚的地方韵味

巧妙使用具有浓厚地方韵味的北京口语，将北京的地方景色和社会人文形象地呈现在人们眼前，精准传神地展现出北平下层社会民众的言谈心理，简单传神，通俗明快。人物语言都是符合人物特点的个性化描述，叙述语言也多用准确流畅的北京口语。

《骆驼祥子》中也有许多北京俗语、口语的运用。经过提炼和加工的北京方言，使得小说充满了浓厚的地方韵味，把北京人民的日常活动真实地展现给了读者，打造了一幅充满了北京特色的生活图景。这些口语、俗语使小说到处充斥着浓郁醇厚的本土风情，韵味无穷。

作品中处处都是北京方言口语、俗语的运用。比如小说开篇写祥子"爱自己的脸正如同他爱自己的身体，都那么结实硬棒，这样立着，他觉得，他就很像一棵树，上下没有一个地方不挺脱的。"这其中的"硬棒""挺脱"都是方言词汇，作者本来也可以直接写祥子身强力壮，但是这样就缺少了地方元素，失去了一些生活气息。使用这些方言词汇后，一股浓浓的北京韵味便呼之欲出了。再如把祥子的口粮写作"嚼谷"，描写祥子是个"急了也会炮蹦子的大人"，等等，都运用了北京地方方言，这样用既灵活塑造了人物个性，又能体现出语言的地方韵味，同时还能达到诙谐生动的艺术效果。

（三）个性鲜明的人物语言

《骆驼祥子》中语言的另一个特点是其能够反映出人物鲜明的性格特征。作品中人物的言语因其身份、地位、经历和生活环境而存在差异。语言就像是一面镜子，能反映出每个人的个性特征。如何牢牢掌握住人物的个性特征，使他的语言与个性相符，是对作者能力的又一检验和挑战。

老舍不愧是语言大师，《骆驼祥子》在这一点上也是成功的。

　　天还没黑，刘家父女正在吃晚饭。看见他进来，虎妞把筷子放下了："祥子！你让狼叼了去，还是上非洲挖金矿去了？""哼！"祥子没说出什么来。刘四爷的大圆眼在祥子身上绕了绕，什么也没说。祥子戴着草帽，坐在他们对面。"你要是还没吃饭的话，一块儿吧！"虎妞仿佛是招待个好朋友……"你干什么去了？"刘四爷的大圆眼还盯着祥子。"车呢？""车？"祥子啐了口唾沫。"过来先吃碗饭！毒不死你！两碗老豆腐管什么事？！"虎妞一把将他扯过去，好像老嫂子疼爱小叔那样。

　　小说写虎妞对祥子说："祥子！你让狼叼了去，还是上非洲挖金矿去了？"简单的几句话就把虎妞的形象准确地描绘出来了，果然是"虎"姑娘。他重重一个"哼"凝聚了他全部愤懑和烦恼。"过来先吃碗饭！毒不死你！两碗老豆腐管什么事？！"这句话里有着这位虎姑娘与众不同的关心方式，看着咄咄逼人，语气中仍隐约可见她对祥子的心疼和关爱。祥子言语不多，只有一个"哼"和一个"车"字，就把他老实本分、坚忍好强、罕言寡语的个性都展露在读者面前了。老舍说过："如此情节，如此地点，如此时机，应该说什么，应该怎么说。一声哀叹或胜于滔滔不绝；吞吐一语或沉吟半晌，也强于一泻无余。"当虎妞劝祥子喝酒，她是这样说的：

　　　　不喝就滚出去；好心好意，不领情是怎着？你个傻骆驼！

　　辣不死你！连我还能喝四两呢。不信，你看看！

　　一开始先摆出一副凶狠表情，警告祥子不要不识好歹，接着却又展开情感攻势，用了一个"傻"字，当然不是表意上的责骂祥子，甚至有点想拢住祥子的嗔怪。接着说"连我还能喝四两"堵上了祥子的退路，但这堵也带着技巧，并不会让人觉着心里不舒服。如此种种，既将虎妞的强悍外露，同时也隐隐显现出她对祥子的私心。不仅表现力很强，而且很符合虎妞的性格和她当时的心理，真是一石数鸟。

　　小说的主人公祥子，在书中是沉默寡言的，所说的话并不多。老舍对主人公祥子语言的描写笔墨不多，正是根据祥子的人物特点而定的。小说在一开始就介绍了祥子憨厚老实的个性："祥子是乡下人，口齿没有城里人那么灵便；设若口齿伶俐是出于天才，他天生来的不愿多说话，所以也不愿学着城里人的贫嘴恶舌。"一部十四万字的《骆驼祥子》，主人公祥子说过的话寥寥十几句，总共不过百字，然而正是这短短的十几句话，却鲜明地展示了祥子的性格特征。例如祥子被人威胁敲诈走了自己辛辛苦苦才得到的三十多块钱，他说了一句"我招谁惹谁了？！"既气愤、委屈，又无能为力。把祥子那种想反抗但又懦弱怕事、逆来顺受的性格表露了出来。但这话如果由后来堕落的祥子口中说出就不恰当了。后来的祥子只会说出"你和先生说说，帮我一步，等我好利落了再来上工"这样的谎话。

（四）凝练、精当的词语选用

《骆驼祥子》作者语言功底深厚，遣词用语方面非常凝练、贴切，没有多余废话，也绝不拖沓。很多词语的选用非常形象，艺术性极高。《骆驼祥子》在措辞上很是精妙，作者的文字造诣极高，对词语的选用和加工也十分简洁、妥当，如行云流水，没有任何多余的描述，情节流畅。写祥子拉车，有的时候用"拉"，有的时候用"跑"，有的时候用"曳"，都随着具体的环境、人物的心情，以及人物身体状况的变化而变化。比如那次在大雨中拉车前行："他要把车放下，但是不知放在哪里好。想跑，水裹住他的腿。他低着头一步一步地往前曳。"在水里拉着一辆车，对祥子这样强壮的人也不是一件容易的事情，此处"曳"这个字用得非常传神，如果把它改成"费力地拉"，虽然也可以体现祥子拉车感到吃力的状态，但是已经缺失了其中的韵味。

描写黑夜里的流星："不时有一两个星刺入了银河，有时一个单独的巨星横刺入天角，在最后的挺进，忽然狂悦似的把天角照白了一条，好象刺开万重的黑暗，透进并逗留一些乳白的光。"三个"刺"的连用，使语言富有动态效果，凸显星星移动速度之快。描写漆黑的夜空里流星划落，也许寻不到比"刺"更好的词语了。

对大雨的描写："上面的雨直砸着他的头与背，横扫着他的脸，裹着他的裆。"雨水"砸""横扫""裹"，三个简单动词就分别写出当时雨之大、急、有力。这样的场景运用，这种凝练、精确的词语，让人一下置身其中，对祥子生活的苦痛就多了一份感悟，也多了一份对他的同情。

写堕落的祥子行走在队伍里为"在马路边上缓缓地蹭"，一个"蹭"字使人对祥子那种懒惰、颓废的状态一览无余。失去了理想和追求的祥子已经不是以前那个夜以继日不断奋斗的祥子了，"他的黄金时代已经过去"，这时的祥子已经像那时的北平城一样，"失去原有的排场"。这个"蹭"字不仅仅是一个动作，它也是祥子当时心理状态的一种体现，运用得十分贴切。

（五）语言平易、幽默、轻松、诙谐

长期以来，许多评论者往往忽略了《骆驼祥子》这一艺术特点。老舍自己也曾说："在这故事刚一开头的时候，我就决定抛开幽默，而正正经经的去写。"因此，简单平实、通俗明快是大多数人品读《骆驼祥子》语言的侧重点，诙谐幽默则少有谈及。但老舍本人也承认《骆驼祥子》"还未能完全排除幽默"，"幽默是出自事实本身的可爱，而不是由文字硬挤出来的"。

　　杨宅用人，向来是三五天一换的，先生与太太们总以为仆人就是家奴，非把穷人的命要了不足以对得起那点工钱。只有这个张妈，已经跟了他们五六年，唯一的原因是她敢破口就骂，不论先生，哪管太太，招恼了她就是一顿。以杨先生的海式咒骂的毒辣，以杨太太的天津口的雄壮，以二太太苏州调的流利，他们素来是所向无敌的，及至遇到张妈的蛮悍，他们开始感到一种礼尚往来，英雄遇上了好汉的意味，所以颇能赏识她，把她收作了亲军。

　　这部分笔调颇似《儒林外史》，写得十分巧妙，有条不紊、徐徐渐进，字里行间都显露着幽默与讽刺。用"毒辣""雄壮""流利"对应上三人欺软怕硬的模样，遇着张妈倒觉得"英雄遇上了好汉"。"礼尚往来""收作亲军"等词，看着俏皮跳脱、感情色彩不谐调，反而具有了幽默讽刺效果。

　　同样，《骆驼祥子》的幽默讽刺还体现在词语文体的不协调。如，"夏先生一生的使命似乎就是鞠躬尽瘁的把所有的精力与金钱敬献给姨太太"。形容夏先生对姨太太的阿谀奉承时用"鞠躬尽瘁""敬献"这样庄重正式的褒义词，尽显讽刺。

　　除这种讽刺的幽默，《骆驼祥子》的幽默还可分为另外一种——夹带辛酸和同情的幽默。这种幽默并不显露在文字表面，而多涵盖在现实之中，笑中带泪。祥子丢车与拾到骆驼的因祸得福："这不是天天能遇到的事，他忍不住的笑了出来。"祥子含泪的笑里有着幽默意味，他甚至为此觉得自己是"世界上最有运气的人"，轻松中透露着现实的沉重，欢快中暗含辛酸。虎妞和祥子的恋爱方式也是幽默的。祥子"象被猫叼住的一只小鼠"，虎妞在裤腰上塞枕头来捉弄祥子，这种极别扭的恋爱方式，本身就裹着令人惋惜的幽默。

品读《围城》：
这部现代"儒林外史"无处不讽

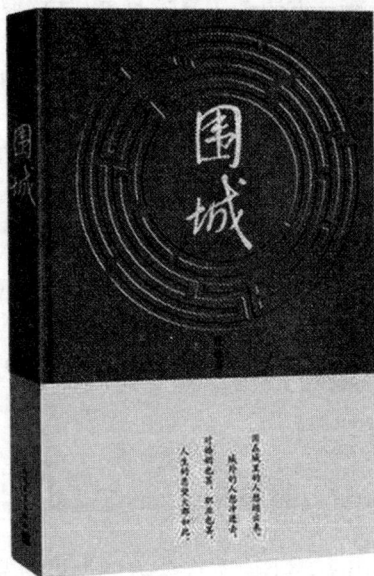

一、关于《围城》

钱锺书在《围城》内容和主题方面，以广大的社会环境为背景，细致地抒写了中国知识分子的种种形象，对人性的悲哀和社会的凄凉进行了深刻的剖析。《围城》借主角方鸿渐的人生际遇，深刻阐释了20世纪30到40年代中国半殖民地半封建社会背景下，深受西方思想文化影响的一代文人的人生与特征，堪称是现代中国"儒林外史"。在这一批知识分子的人生中，处处是情敌间的钩心斗角、与其他文人的尔虞我诈，尽显人情冷漠、世态炎凉。方鸿渐正是这批新儒家的代表，作品不但深切思虑着在这般环境下中国知识分子的可行出路，更是反映着对社会、人性的哲理的哲学剖析：方鸿渐一生自始至终都在重复不断地从这一座"围城"走进另一座"围城"，他清高孤傲，永远无法满足，又永远在怯懦逃避。小说从不同角度无情揭示了处于封建传统文明与现代西方文明冲突下的中国知识分子无所适从的矛盾心理和怯懦迷茫，凝结着作者对人性弱点和人生荒凉的讽刺。

人生处处是"围城"。婚姻也罢，事业也罢，围城就是：城外的人想进来，城内的人想出去。小说主人公方鸿渐就总是想摆脱困境，但又不可避免地陷入另一个困境，他永远也摆脱不了"围城"之困。方渐鸿不仅陷入了婚姻的围城，婚后生活琐屑争斗、任人摆布，而且更是深陷事业和人生的围城，委曲求全、饱受风雨！从小说的核心含义来说，"围城"象征着人类生存困境，是一种对"成功"的持续追逐，一种对"获得"的疲乏和贪得无厌，蕴含着人们总是摆脱不了外在束缚命运的主旨！

二、《围城》的艺术特色

《围城》的艺术特色在于辛辣而幽默的讽刺。作者通过诙谐、蜻蜓点水般的笔触，以旧中国上层知识分子的病态畸形生活为描写对象，把一个个知识分子的灵魂具象化，进行辛辣的嘲讽，同时揭穿社会的种种丑恶现象。

（一）运用精妙的修辞与漫画式手法进行讽刺

《围城》中喻体和本体间强烈的反差所形成的效果，实在令人叹服。作者在描写李梅亭外貌时说他"脸上少了那副黑眼镜，两只大眼睛像剥掉壳的煮熟鸡蛋"。作者从常人不会去联想的角度展开丰富想象，眼睛和鸡蛋本来没有任何直接关系，却能被夸张化地联系在一起，使得李梅亭的丑陋形象在读者心中具象化，很容易就能使读者产生反感。又挖苦他"本来像冬蛰的冷血动物，给顾先生当众恭维的春气入耳，蠕蠕欲活"，更是形象地描绘出了李梅亭的性格特点。

（二）运用精微的心理讽刺

钱锺书善于洞察细微，用灵动鲜活的笔触刻画人物，其惟妙惟肖的讽刺艺术，给我们展示了一个个生动立体的人物形象。

首先,《围城》大胆借鉴西方的描写技巧,对人物的形象进行细致的洞察和描绘,进行深层次艺术发掘。如《围城》对范懿故作矜持的内心刻画,就非常生动写实。她从汪处厚夫人家里回来的途中,数次想把方鸿渐和刘姑娘打发走,好让自己有机会跟赵辛楣单独相处。有时,她说这座桥太狭窄,要赵辛楣跟她一起下河底走;又说手提包落在了汪家,想赵辛楣和她一起去拿。既不失诙谐,又颇具讽刺色彩。

其次,他还善于挑开蒙在人与人之间的各种和谐表面关系下的虚伪面纱,探索人物行为背后的内心世界,揭示出讽刺对象温文尔雅的形象下灵魂的丑恶,戳穿和嘲笑这种表里不一的虚假性。李梅亭装了一箱药却不肯把一盒分给有病在身的孙姑娘,这种自私吝啬的行为,极具嘲弄,令人作呕,李梅亭伪装出来的衣冠楚楚的正人君子模样,就在一次又一次虚伪丑陋的行动中,被剥得干干净净。这样的讽刺,与直截了当的抨击不同,而是通过揭示具体的、客观的行为真相来取得幽默的效果。可谓于平淡中裹挟幽默,看似笨拙而又不失巧妙,极具讽刺意味。

此外,钱锺书还擅长在一个特定的环境中,通过刻画不同人物彼此之间的钩心斗角,从而达到精彩又引人入胜的讽刺效果。作品第三章讲到一次赵辛楣请客,苏文纨、褚慎明、董斜川、方鸿渐等人赴宴。赵辛楣出于自己的妒嫉之情,意图把方鸿渐灌得酩酊大醉好让他在自己倾心的苏文纨面前出洋相。但结果却和赵辛楣所想大相径庭。苏文纨在众人面前对方鸿渐照顾有加,这使赵辛楣大为受挫。褚慎明、方鸿渐、董斜川、赵辛楣几人在席间明嘲暗讽，好不荒诞。更有意思的是，褚慎明只是单纯地在谈话中被苏文纨的美丽打动，就高兴得连夹鼻眼镜都掉到了牛奶杯里。又因为顾及面子，他捡起眼镜却没有戴上，生怕看见其他人的嘲笑。之后方鸿渐喝多呕吐，赵辛楣心里乐开了花，可他万万没想到，这时他爱慕的苏小姐却对方鸿渐大献殷勤。《围城》中这种对人性的解剖有太多太多，人性中的欺诈、虚荣、软弱，由隐到显，由暗到明，无不体现出钱锺书讽刺幽默的犀利和高超。

（三）运用典故进行讽刺

《围城》所使用的典故之多，在中国现代小说中是很少有作品可以企及的，如"俾斯麦曾说过，法国公使的特点，就是一句外国话不会讲；这几位警察并不懂德文，居然传情达意，引得犹太女人格格地笑，比他们的外交官强多了。""不懂外语的外交官干得了什么？相反，像不懂外语的警察只须眉目手势传情的私通，倒也自在从容。"本例用典是一种以此代彼的讽刺和幽默。下一例同样具有反推的幽默和机趣："做诗的人似乎不宜肥头胖耳，诗怕不会好。忽然记起唐朝有名的寒酸诗人贾岛也是圆脸肥短身材，曹元朗未可貌相。"

三、《围城》的语言风格

一位史学家推崇说："综观五四以来的小说作品，若论文字的精练、生动,《围城》恐怕要数第一。"(司马长风《中国新文学史》下册)不得不说,《围城》确实是字字珠玑,个性十足,简明直白中不乏诙谐幽默,是中国现代小说语言的一个典型。

(一)语言的形象性

《围城》语言的精彩之处在于它的形象性,即大量鲜活灵动、恰到好处的比喻,同时具有以下特点:

第一,比喻的广泛性。

《围城》比喻的广泛性、丰富性,是常人无法企及的。《围城》行文一气呵成,妙笔生花,不拖泥带水。不管是对人物性格特点的描写,或是对山川田野的描绘,都熔为一炉。钱锺书在《旧文四篇》中也说:"视觉、听觉、触觉、嗅觉、味觉往往可以彼此打通或交通,眼、耳、舌、鼻、身各个官能的领域可以不分界限。颜色似乎有温度,声音似乎有形象,冷暖似乎有重量,气味似乎有锋芒。"

1. 对人物肖像、神态的比喻。侯营长是个行武出身的旧式军官,对他外貌的描写只是寥寥几笔,就刻画出了符合他身份的个性:"侯营长有个橘皮大鼻子,鼻子上附带了一张脸,脸上应有尽有,并未给鼻子挤去眉眼;鼻子上生了几个酒刺,象未熟的草莓。"作者用"橘皮"和"未熟的草莓"两种人们熟知的植物来比喻侯营长的鼻子,使人一下子就能联想到皮肤的粗糙程度,同时把人物粗鲁草莽的性格体现得淋漓尽致。

对褚慎明的描写："害馋痨地看着苏小姐，大眼珠仿佛哲学家谢林的'绝对观念'，像'手枪里弹出的子弹'，险些突破眼眶，迸碎眼镜"。"绝对观念""手枪里弹出的子弹"两个比喻先后被用来形容褚慎明看苏小姐时的眼神，读来如亲眼所见，褚慎明的丑恶内心昭然若揭，精彩至极。

2. 对人物内心语言的比喻。作者用"鸿渐要抵御这魅力的决心，象出水的鱼，头尾在地上拍动，可是挣扎不起"来表现方鸿渐抵抗对苏文纨的爱情的决心，这一比喻令人赞不绝口。方鸿渐和苏文纨之间的关系十分复杂，他们都作为中国的上层知识分子，方鸿渐自以为高人一等，看不上苏文纨，却也被她的魅力所吸引，"出水的鱼"把方鸿渐游移、懦弱、一厢情愿的心理充分体现了出来。

3. 对其他事物的比喻。形容睡眠"宛如粳米粉的面条，没有黏性拉不长"，睡眠本是抽象的概念，却被赋予了可触、可视的性质，让人一目了然；形容交情"像热带植物一样飞快地生长"，读者立刻就能领会这种速度、进展之快；形容夜"仿佛纸浸了油，变成半透明体"，夜的形象马上出现在读者眼前，仿佛有了重量。钱锺书笔下的《围城》由于如此种种精彩的比喻，充满了勃勃生气，让我们目不暇接。

第二，比喻的独创性。

1. 钱先生比喻的独创性，表现在对固定的词句有意地违反，使那些在长久使用后已是陈腔滥调的语言获得"新生"。如说飞机"接连光顾，大有绝世佳人，一顾倾城，再顾倾国的风度"，倾国倾城通常用于形容美人，早已是老生常谈，没有新意了。钱先生则用于形容飞机，又注入了新的活力。对洋行买办"中国话里头无谓的英文字"，不是用嘴里嵌金牙相比，而是喻为"牙缝里嵌的肉屑，表示饭菜吃得好，此外全无用处"，巧妙又暗含讥讽。

2. 钱先生对比喻手法的运用也有其独特之处，那就是他经常把毫无关联，甚至是完全相反的东西结合起来，以取得出其不意的结果。对苏文纨与方鸿渐并非是两情相悦的初吻，作者写的是"只仿佛清朝官场端茶送客时把嘴唇抹一抹茶碗边，或者从前西洋法庭见证人宣誓时把嘴唇碰一碰《圣经》，至多像那些信女们吻西藏活佛或罗马教皇的大脚趾，一种敬而远之的亲近"，这些各式各样的词语，在各自的角度上看并没有什么特别之处，但当它们被巧妙地组合在一起时，却由于其迥异的风格，反而造就了一种"奇缘佳遇"。

（二）语言的象征性

1. 主题的象征性。钱锺书写下《围城》的最精妙之处乃是发现了人性中的"围城境地"，并倾尽全部文学素养和才识打造了一个孤独却又向所有人敞开的"围城世界"。他引一句法国古语，说结婚仿佛是"被围困的城堡，城外的人想冲进去，城里的人想逃出来"。本来，围城只是一种婚姻层面的平凡的象征，但在钱锺书的卓越构思下，它超越了本身的狭隘概念，上升到了哲学的高度，将从文明和人性的角度上进行的思索描绘得精妙，酣畅淋漓。《围城》中的那个破门也是写得非常之妙，虽然它"好象个进口，背后藏着深宫大厦。引得人进去了，原来什么也没有"。但"按捺不下的好奇心和希冀象炉上烧滚的水，勃勃地掀动壶盖"。正是这种希望产生的追求，即使暗含失望与苦痛，也仍旧推动着人类一步步走向前去。

2. 人物命名上的象征性。主人公鸿渐的名字出自"渐"卦。《序卦》中说："物不可以终止，故受之以渐，渐者进也。""渐"卦在哲学意义上就有着人生的不断变化、不断冲突的内涵，其内容关键表现在家庭的变化与冲突。人生现实的种种矛盾与冲突，灵魂的惶惶不安，都可以在方鸿渐的身上看到。

3. 描写其他事物上的象征性。方鸿渐保存着一只家传的老式时钟，方老先生再三叮嘱儿子保护祖物，并说："这只钟走得非常准，每点钟只走慢七分。"在故事的最后，方鸿渐情场职场皆失意，与妻子发生矛盾，饥肠辘辘地孤单流浪到深夜。回家时，妻子已经不知所终，他心灰意冷，已是一具麻木之躯。"没有梦，没有感觉，人生最原始的睡，同时也是死的样品。"正当这时，那家传的老式时钟却不慌不忙地打了六下。这只落伍的老钟不经意流露出了对人生的嘲弄和哀愁，慢条斯理的钟声所蕴含的孤寂，比任何言语都要深。

（三）语言的讽刺性

钱先生语言的讽刺性主要体现在：

1.《围城》中的讽刺笔调。钱先生总以"正色庄容""郑重其事"的平静语调叙写貌似一本正经的人与事，这些"反话正说"构成了一种充满轻蔑之情的讽刺笔调，充斥着对不学无术却自视清高的知识分子的鄙夷。如"李梅亭的'先秦小说史'班上都笑声不绝"。这里蕴含的讽刺往往就会被读者忽略，但稍具中国文学史知识的人就可知其中讥讽：先秦之时，中国哪有什么"小说史"？其虚荣功利、真正的学术涵养皆可想而知。

又有，方鸿渐上了大学，经不起社会上寻欢作乐的风气的蛊惑，写信寄回家中，请求取消和未婚妻的这门亲事。为了实现自己的目的，方鸿渐一开头就用凄凉、悲伤的口吻，把自己的苦闷和烦恼与父亲倾吐，他在信中写自己每天照着镜子，都能看见自己的容颜一日比一日苍白。随后笔锋一转，开始隐晦含蓄地表达退婚的想法，并渴求得到父亲理解和成全。然而，他的父亲看穿他那份看似悲伤但丝毫掩饰不住的敷衍，非但不为其诉说的苦楚感动，更是反唇相讥，毫不留情地嘲讽他既然不是个女子，为什么要天天照着镜子，浪费掉的时光怎么对得起自己为他能够学有所长花出去的学费，然后又直截了当地责骂方鸿渐朝秦暮楚、毫无君子之风。

钱锺书在这处经典的父子书信中，以讽刺幽默的手法，把深受不同时期影响的知识分子形象展现得淋漓尽致。儿子受中西文化碰撞影响，思想开放，情窦初开，班门弄斧，企图欺瞒父亲却"搬起石头砸自己的脚"；而父亲则是中国老学究的典型代表，思想守旧，对所谓的开放嗤之以鼻，但饱经风霜、洞若观火。两个不同时期的学者之间的谈话难免会擦出星火，而钱锺书又以独具一格的语言将这些星火点燃成一簇灿烂的火花，令人哑然失笑，加深了对两代文人形象最直观的感悟理解。

2.《围城》中无所不讽。钱锺书的讽刺语言将其创作所涉及的方方面面——一切人事、言行、情感、思想，甚至没有生命的物品全部笼络进来。当钱先生将世人心目中无比高尚的事物——如留学、留学生、文凭、科举功名、科学家、哲学家、教育、政治、报纸等项上的光环扯去时，从普通中性事物中极力挖掘其讽刺性元素时，他一切皆可讽的刻薄风格才跃然纸上，从万千文学作品中脱颖而出。

这一张文凭，仿佛有亚当、夏娃下身那片树叶的功用，可以遮羞包丑；小小一方纸能把一个人的空疏、寡陋、愚笨都掩盖起来。自己没有文凭，好像精神上赤条条的，没有包裹。

女人不肯花钱买书，大家都知道的，男人肯买糖、衣料、化妆品，送给女人。而对于书只肯借给她，不买了送她，女人也不要他送。这是什么道理？借了要还的，一借一还，一本书可以做两次接触的借口，而且不着痕迹。这是男女恋爱的必然初步，一借书，问题就大了。

当"文凭"等于"遮丑布"，"借书"等于"恋爱"时，我们便不能不感到冷汗涔涔了。正像美国吉尔伯特·哈特《讽刺论》中说的："他企图惊骇他的读者，他要强迫他们去看一眼他们过去忽视或闪避的东西。"

3.《围城》中无处不讽。钱先生绝不放过任何可以将其讽刺笔触展现出来的机会，往往是猝不及防、含沙射影。《围城》中的讽刺笔墨更是数不胜数，浓重得似乎要从作品中漾出来，让人赞不绝口。如写唐小姐眼睛不大时，一句"政治家讲的大话，大而无当"写得行云流水；写方鸿渐不愿与赵辛楣争风吃醋而自动退让时，"可是方鸿渐也许像这张报上战事消息所说，'保持实力，作战略上的撤退'"，顺便痛骂了当时的无能政府临阵脱逃、节节败退却又为了撑面子强作镇定，让人嗤之以鼻；甚至对雨后鞋上沾满泥浆的描写，也借机讽喻，"上面的泥就抵得上贪官刮的地皮"，这无疑是对当时社会的腐朽以及官吏贪得无厌的一种露骨、刻薄的讽刺。这讽刺的背后是作者文学功底的体现，需要对时事的透彻了解和对现实的深刻剖析。

品读《活着》:

借农民之口讲述"死亡"的命题

一、关于《活着》

《活着》是余华的代表作，故事背景是从国民党统治后期到解放战争、土改运动等极大的社会变迁时期。它讲述的是一个人一生的故事，是一幕诉说苦难与死亡的人生戏剧。书名是《活着》，可触目可见的都是关于死亡的记忆。通读全书，仅二百页的篇幅就诉说了福贵身边十个人的死亡故事。最开始，顽劣成性的富家子弟福贵，被龙二和其他人算计，钱财一空，福贵爹深受打击气极而死。福贵才如梦初醒，开始懂得怜惜自己的妻子家珍。日子过得穷苦，但他们的孩子凤霞、有庆却很乖巧懂事。好景不长，随之而来的却是福贵母亲病倒，福贵替娘求医时被抓做壮丁，战场上认识了老全和春生。老全死于战争，福贵回到家乡才发现亲娘也已受尽折磨而亡。骗走福贵财产的龙二反而因为从福贵手中得到的土地，在解放后的土地改革中被打倒了。妻子家珍辛勤操劳好不容易把儿女拉扯大，却患上了软骨病。这时医院的人为救县长夫人的命，找来了与县长夫人血型相同的有庆，有庆失血过多而死，而县长就是春生。之后，春生在"文化大革命"中受尽折磨迫害，最后吊在一棵树上结束了自己的一生。福贵又聋又哑的女儿凤霞嫁给了偏头却善良、老实的二喜，但在生下孩子苦根后因失血过多而死亡。没几个月家珍也随着离去了。二喜死于工作时产生了偏差的吊车，仅剩福贵和苦根爷孙两人相依为命。即使这样，苦根也没有逃脱悲惨的命运。福贵疼爱与自己同甘共苦的外孙，便煮了平时很难吃上的豆子喂他，没想到他竟因为吃了豆子撑死了。福贵的父母、妻儿，甚至是孙子，都接连走向死亡，人生中珍贵的温暖被一次又一次消耗殆尽，最后仅是孤独的一个老人、一头老牛相伴度过余生。

余华对于死亡描写得从容，令人称奇。更让人为之痛心的是，这些人的死亡主要来自毫无缘由的命运的戏弄，而并非受到别的什么迫害。只有并非福贵亲人的三人——老全、龙二和春生是在不可抵抗的社会斗争和阶级斗争中死去的。

《活着》传递了一种"生存的苦难"，展现的是当代农民在不断被掠夺、不断被命运戏弄的过程中表现出的生命力。主人公徐福贵的一生，土地、财产、尊严以及亲人的生命在不断被夺走。在这轮番打击之下，他从一个纨绔子弟成为一个底层农民，最终与老牛为伴。福贵的一生充满苦难与悲痛，但他最终没有被打败，究其原因其实是一种最原始的中国式的生存哲学：活着。但活着并非易事，对于福贵来说，活着更是一种折磨，它比死亡更令人胆怯和悲痛。

二、《活着》的语言特色

《活着》全书充满了富有日常生活气息的轻快基调。《活着》的主体语言带着浓烈的乡土韵味，小说不用文人的笔法进行叙述，而是借当事人农民福贵之口展开回忆，用"树下讲故事"的方式，饱含浓厚的民间化语言，具有极高的艺术效果。

（一）朴实温情的语言

与《活着》到处充满的苦难悲剧相反，其实全文字里行间流淌着温情。余华通过对人物语言的刻画体现主人公福贵一家人之间的互相关爱，福贵与家珍的夫妻之情，凤霞和有庆的姐弟之情以及福贵与二喜、苦根之间的亲情都通过语言体现得淋漓尽致。福贵在被龙二等人算计骗走家产之后，妻子家珍并没有责怪他，只是跟他说："只要你以后不赌就好了。"他娘也跟他说："人只要活得高兴，穷也不怕。"一家人的包容与谅解得以体现。当福贵想搬到城里去开铺子时，他娘只说了一句"你爹的坟还在这里"。几句简单却发自内心的真挚话语，充满了爱情和亲情的美好，这种语言将人物的情绪刻画得饱满，既简洁朴实又情深意长。

这正如评论所说的："作者在叙述中充满了感情，比如主人公福贵在对父亲、母亲、妻子、儿子、女儿及女婿和外孙等亲人的回忆叙述中，用语非常亲切，整个作品虽然有着一种不可抗拒的悲凉意味，但在叙述语言上却是饱含深情的。整个作品被那种浓得化不开的亲情所笼罩。"

福贵对父母、妻儿、女婿以及外孙等亲人回忆式的叙述充满了温情，余华在作品中用最简洁、朴实的语言描写福贵。正如著名评论家洪治纲所言："在《活着》中，余华摒除了一切知识分子的叙事语调，摒除了一切过度抽象的隐喻性话语，也摒除了一切鲜明的价值判断式的表达，而将话语基调严格地建立在福贵的农民式生存背景上。"福贵平静得几乎轻描淡写的口吻表达了他对生死的另类感悟，他用一种感激和自责的口吻，把福贵一家的命运用一种温情的形式展现在所有人的面前。这样的自我审视般的叙述，使读者通过福贵的眼看完了他短暂又波澜起伏的一生。这样的叙述，让故事本身的情感冲击力比以往任何时候都要强烈，很好地体现了作品中苦难和温情的主题。对于如此沉重如此重大的苦难，余华是以一种非常温暖的方式表达的，这是他由前期暴力、非理性的作品风格转向温情的代表作之一。在《活着，对一切事物理解后的超然》中，余华展示的是一种高尚："对善与恶的一视同仁，用同情的目光看世界。"

（二）个性化语言

少年时的福贵是村子中唯一的地主少爷，过着佃户们无法企及的锦衣玉食的生活，拥有美丽的城里米行小姐作为妻子，足以羡煞旁人。可人的欲望是无止境的，福贵就总喜欢到城里"潇洒"，骑着妓女经过老丈人的米行，一句"近来无恙"震惊了每一位读者。骑着妓女游街已然足够伤尽丈人的心，那突兀的问候自然地从福贵嘴里流出，厚颜无耻的纨绔子弟形象便跃然纸上。福贵哪怕是面对他的父亲也不会有所收敛，当他爹听说他赌博时勃然大怒，挥出去的手却被福贵紧紧地抓住了，这时的情景用记叙般的语言恐怕难以表现出福贵的目无尊长，余华大胆地插入了令人汗颜的语句："爹，你他娘的就算了吧。老子看在你把我弄出来的分儿上让让你，你他娘的就算了吧。""子不教，父之过。"《三字经》中的古训在忤逆的话语中是否显得尴尬呢？福贵这孩子，爹在他面前实在不算是什么东西。

"教不严，师之惰。"福贵一定会有老师来教他如何做人，可事实上，他都成了老师的爹：有一天，老师叫他背书，一句"好好听着，爹给你念一段"顶得当时的私塾先生无言以对。福贵对长辈们的不尊敬，在一句又一句杀伤力极强的对话语言中表现得淋漓尽致。当他失去了全部财产，由一个游手好闲的少爷变成了一贫如洗的农民后，他说话的方式也就开始变得不一样了，他向赢光了自己财产的龙二低声下气喊"龙老爷"，好不顺从。通过对他卑微语言的刻画，将一个底层人民卑躬屈膝的形象生动地展示出来。正是这种具有鲜明个性的文字描写了一个特定环境中产生的有代表性的人物形象，以及他所具有的非常典型的性格特征。

（三）充满民间特色的语言

《活着》中的方言俚语具有鲜明的地方特质，它不仅与小说的人物个性相符，而且与人物所处的整体环境也相匹配。这正是《活着》的语言的独到之处。一个典型的例子，在福贵被骗得钱财一空后，他的母亲并没有怪罪于他，反而转头怪向他的父亲，一句"上梁不正下梁歪"形象地把这层意思表达了出来。福贵揪着儿子有庆的耳朵责怪他穿鞋坏得快时说："你这是穿的，还是啃的？"充满了民间风格的打趣语气，一副农村父子相处时的生动画面。刚开始实行人民公社时，每天都能在食堂吃上肉，队长这样感叹道："这日子过得比二流子还舒坦。"这种看起来俗套的话语，其实就是那个时代贫困最直观的体现，每天都能吃得上肉，是所有人梦寐以求的事情。老年的福贵也说道："做人不能忘记四条，话不要说错，床不要睡错，门槛不要踏错，口袋不要摸错。"这种充满乡土气息的俚语是福贵在体验了种种苦难之后对人生的感悟，又增添了小说的乡土气息，生动而深刻。

歌谣作为一种特殊的乡村文化审美形式，以其简单直白的抒情与朴素自然的描绘，将人们的心声传达出来。在《活着》中只有两首歌谣，但却蕴含着巨大的能量。

皇帝招我做女婿，路远迢迢我不去。

少年去游荡，中年想掘藏，老年做和尚。

第一首是对福贵现在生活心态的真实写照，一种泰然自若的稳重，一种开朗豁达的心境，是一种历经重重苦难之后的坚强。后一首仅有十五个字，却是对福贵一生的精确概括。少年时的福贵是浪荡子，不愁吃穿，每日寻花问柳无所事事；中年的福贵受尽命运折磨，背着枷锁，扛起了责任；待到垂暮之年，他似乎已领悟了活着的真谛，一人一牛相伴余生。

（四）细节化语言

《活着》中有多处细节描写表达人物细腻的情感。

"凤霞躺下后，睁眼看着睡着的有庆好一会儿，偷偷笑了一下，才把眼睛闭上；有庆翻了个身，把手搁在凤霞嘴上，像是打他姐姐巴掌似的。凤霞睡着后像只小猫，又乖又安静，一动不动。"对神态动作的细节刻画，将姐弟之间的可爱温情表现出来。得知有庆死亡噩耗后，福贵一个人去埋有庆："我用手把土盖上去，把小石子都捡出来，我怕石子硌得他身体疼。"读者读后也跟着心痛。描写福贵背着家珍去给有庆上坟："家珍一直扑到天黑，我怕夜露伤着她，硬把她背到身后，家珍让我再背她到村口去看看，到了村口，我的衣领都湿透了。"这种细节处理，牢牢抓住了人物内心，福贵、家珍、有庆之间的深厚亲情展露于无声。再比如：有庆因为鞋子常常穿坏，为了不连累家里人，每天光着脚拿着鞋去上学；二喜宁可自己先去喂饱蚊子，也不愿让凤霞被叮咬；二喜最后被水泥板夹住而死，却终于不驼背了；等等。每一处细节都让人不禁潸然泪下。

三、《活着》的修辞手法运用

（一）比喻

从《活着》一书中可以看出，余华对于比喻的使用非常娴熟。有人统计出《活着》中至少可以找到五十四处用得非常精妙的比喻，它们形成了余华朴实以及个性化的叙事方式。

《活着》是以主人公福贵的口吻来讲述故事的，因此，在运用比喻手法时，所选取的喻体也要与其农民的身份相吻合。余华自己也说过："比如福贵这个人物，他是一个只读过几年私塾的农民，而且他的一生都是以农民的身份来完成的，让这样一个人来讲述自己，必须用最朴素的语言去写，必须时刻将叙述限制起来，所有的语词和句式都为他而生，因此连成语都很少使用，只有那些连孩子们都愿意使用的成语，我才敢小心翼翼地去使用。"此外，福贵在不同人生阶段的语言会随着他的经历与心态的改变发生变化，这种话语更能够说服读者，更能给人真实的感悟，正是余华早期创作中所缺乏的。

因此，《活着》所有选用的喻体几乎也都是一个农民再熟悉不过的事物。如："我听到爹在那边像是吹唢呐般地哭上了"，"爹说的话就像是一把钝刀子在割我的脖子，脑袋掉不下来，倒是疼得死去活来"，

"好端端的一个家成了砸破了的瓦罐似的四分五裂", "穿上绸衣滑溜溜的像是穿上了鼻涕做的衣服", 等等, 类似的比喻在作品中俯拾皆是。"唢呐""钝刀子""瓦罐""鼻涕"等都是可以体现农民生活的事物, 用这样的事物打比方生活感十足, 贴合人物身份, 又生动有趣, 富有艺术感染力。

我看着那条弯曲着通向城里的小路, 听不到我儿子赤脚跑来的声音, 月光照在路上, 像是撒满了盐。

这是在有庆死后, 福贵望着大路时的感受, 没有呼天抢地, 痛不欲生, 只有月光如盐, 无声的痛苦, 让读者心灵上产生共鸣。

(二) 拟人

《活着》中拟人的成分主要表现在对老牛的描写上, 比如开头:

疲倦的老牛听到老人的吆喝后, 仿佛知错般地抬起了头, 拉着犁往前走去。

老人高兴地笑起来, 他神秘地向我招招手, 当我凑过去时, 他欲说又止, 他看到牛正抬着头, 就训斥它: "你别偷听, 把头低下。"牛果然低下了头。

再比如结尾：

　　路过邻近一个村庄时，看到晒场上转着一群人，走过去看看，就看到了这头牛，它趴在地上，歪着脑袋吧嗒吧嗒掉眼泪，旁边一个赤膊男人蹲在地上霍霍地磨着牛刀，围着的人在说牛刀从什么地方刺进去最好。我看到这头老牛哭得那么伤心，心里怪难受的。想想做牛真是可怜。累死累活替人干了一辈子，老了，力气小了，就要被人宰了吃掉。

　　我不忍心看它被宰掉，便离开晒场继续往新丰去。走着走着心里总放不下这头牛，它知道自己要死了，脑袋底下都有一摊眼泪了。

　　我什么话也不去说，蹲下身子把牛脚上的绳子解了，站起来后拍拍牛的脑袋，这牛还真聪明，知道自己不死了，一下子站起来，也不掉眼泪了。

　　牛是通人性的，我拉着它往回走时，它知道是我救了它的命，身体老往我身上靠，亲热得很，我对它说："你呀，先别这么高兴，我拉你回去是要你干活，不是把你当爹来养着的。"

福贵就是老牛，老牛就是福贵，一人一牛已经合二为一了，让人感到亲切，又有温情。

（三）象征

文中有些大的意象，具有象征意味。就像最后与福贵一起相伴终老的那头老牛。它原已经年迈得无法再继续耕作，眼看就要被卖到屠宰厂，结果被福贵从屠刀下救了回来。这可以视为福贵在家人相继逝去后对生命的敬意，然而，这部作品并非是为了赞美生命的可贵，而是为了更深刻的含义。老牛已是福贵缅怀亲人的载体，他看着老牛却像看着自己，晚年的福贵最终成了孑然一身、无依无靠的老牛，老牛与老福贵都在天地间默默等待着自己最后的那一天，自然从容。

除了老牛，文中的"医院"成了死亡的象征，福贵的三位亲人（有庆、凤霞、二喜）都死在医院里，老福贵三次进医院，对于他来说，进医院就等于死亡。"青草"象征着生命，"土地"象征着归宿，从土地中来回到土地中去，像母亲，博大宽容接纳。

小说的题目"活着"本身也是一种象征符号，虽然名字是"活着"，但里面的内容都是关于死亡的，整个故事都充满了痛苦和绝望。在余华的眼里，"活着"的过程对于处于社会底层的人，实际上是在承受着它所带来的苦难，透过"活着"来看到一次接一次的死亡。

品读莎氏悲剧：
象征性包含丰富的美学意蕴

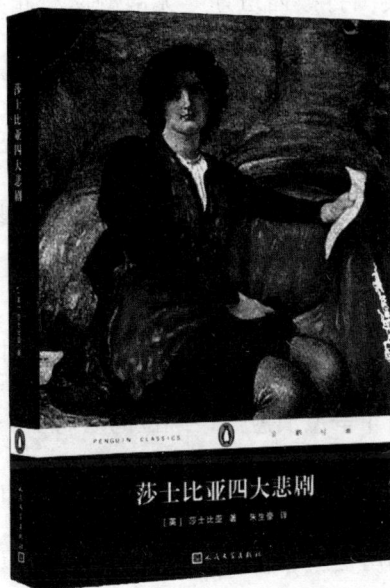

一、关于莎氏悲剧

莎士比亚是欧洲文艺复兴时期最伟大、最卓越的戏剧家和诗人。马克思称他为"人类最伟大的戏剧天才",他的好友——戏剧家本·琼森称誉他是"时代的灵魂",说他"不属于一个时代,而属于所有的世纪"。他的创作是人文文学的顶峰。

莎士比亚的创作分为三个时期:

莎士比亚早期(1590—1600)的作品以历史剧、喜剧为主。当时伊丽莎白一世即位,英国打败西班牙"无敌舰队"正处于"黄金时代",文化也在此时达到了一个顶峰。在这样的环境中,莎士比亚积极的人生态度体现在他的作品中,他所有的创作都表现出明亮豁达的风格,思想和艺术逐步走向成熟。其中《罗密欧与朱丽叶》《仲夏夜之梦》《威尼斯商人》等作品就写于这个时期。

中期(1601—1607)也是莎士比亚创作的全盛时期。此时英国的封建王权与资产阶级的斗争愈演愈烈,继位的詹姆士一世懒散怠政、挥霍无度,加深了人民的苦难。莎士比亚因理想和现实的差距而大失所望,创作也开始由乐观的历史剧、喜剧向悲剧转变,并以此来批判社会的阴暗和罪孽。这个时期最经典的作品有被称为"四大悲剧"的《哈姆雷特》《奥赛罗》《李尔王》《麦克白》。

莎士比亚创作的晚期(1608—1613),詹姆士一世王朝的彻底腐败使得社会矛盾逐渐加剧。他对混乱、腐朽的社会彻底失去信心，于是退居故乡，最后写出《辛白林》《冬天的故事》《暴风雨》三部传奇剧和一部历史剧《亨利八世》。

二、莎氏悲剧的主题分析

莎氏悲剧的主题在于人文主义的理想与丑陋的社会事实的对立，思想内容现实而深刻。他的作品超越了常规的戏剧界限，表现了人生最本质的特征，有着极为现实的社会批判意义。他所刻画的众多形形色色、性格复杂多样的人物中有表现出莎士比亚人文精神的正面形象，这些正面人物展开了与封建、落后黑暗势力的激烈战斗，他们的失败、他们的毁灭都具有深远的社会现实意义。

(一)《哈姆雷特》

《哈姆雷特》是莎士比亚最富盛名的剧作。它创作于英国由封建制度转向资本主义制度的混乱时期，剧中也体现出了浓厚的时代特征。它讲述了一个丹麦王子为父报仇的故事，体现的是新兴资产阶级人文主义同封建王权的殊死较量。哈姆雷特的悲剧如实地反映了"这个时代的缩影"，即16、17世纪之交资产阶级与王权矛盾激化，封建社会逐渐崩溃的时代。既是描写正直善良的哈姆雷特与弑兄篡位的克劳狄斯及其帮凶之间的矛盾，也是新兴的、先进的人文主义势力与落后的、腐朽的封建王权之间尖锐矛盾的深刻揭示。

在这一悲剧中，主人公哈姆雷特是以文艺复兴时期典型的人文主义者形象出现的。剧中以哈姆雷特的复仇为情节线索，而复仇的实质在于对美好理想的坚持，对封建王朝腐朽与丑恶的反抗，宁愿为伸张正义、重整乾坤而受苦受难。但同时，哈姆雷特也有宫廷贵族悲观、忧郁的消极一面，人文主义与封建王权的矛盾也在他身上体现。和当时大部分的人文主义者一样，哈姆雷特还未能正确、彻底地认识社会矛盾的根源，在具体行动时常常瞻前顾后，有较多的思虑，几次没有采取果断行动错失了复仇的机会。哈姆雷特的自身性格局限也揭示了他悲剧的必然性。

（二）《奥赛罗》

作品中讲述了一个受威尼斯城邦雇佣的摩尔人奥赛罗与元老之女苔丝德蒙娜的爱情悲剧。由于两人年龄相距过大且身份不相当——奥赛罗受种族影响地位卑微，而苔丝德蒙娜却是贵族元老的女儿，他们的感情不被允许。奥赛罗忠于爱情，即使为世俗所不容也要追寻美好的幸福。起初，他的爱是温柔和充满信任的，但他渐渐为自己的种族感到不自信，最终听信了狡猾的旗官伊阿古的谗言，嫉妒之下，亲手毁灭了本该美满的婚姻。

奥赛罗的悲剧有着极为复杂的社会、时代、种族背景，其身上所蕴含的矛盾性和复杂性酿造了他的悲剧，促成了他的偏执和灭亡。他身为一个黑脸的异族人，却能在威尼斯当上将军，足以证明他的非凡能力。他正直、勇敢、爱憎分明。他和美丽、纯洁的苔丝德蒙娜伟大的爱情，战胜了白眼与偏见，但却最终在嫉妒、怀疑、猜忌中凋零，成为社会邪恶势力自私欲望的牺牲品。种族背景是奥赛罗最终走向自我毁灭的原因之一。种族歧视的大环境对奥赛罗产生的敌意，使他始终走在独木桥的边缘，他是孤独又十分不自信的。这种内心的焦灼造就了他敏感、极端的性格。从伊阿古的角度来说，奥赛罗这样的外族黑人竟然可以当上统帅，这样的不满再加上奥赛罗对另一位副将的提拔而对自己的忽视，造成了他因为嫉妒而对奥赛罗的欺骗。妻子苔丝德蒙娜其实是奥赛罗心中纯洁和美好的理想象征，是他艰辛的生活中落下的一束光。伊阿古的欺骗与种种"证据"蒙蔽了他的双眼，让他意想中的理想主义大厦轰然倒塌。

(三)《李尔王》

《李尔王》改编自英国的古老传说。年迈的李尔王在即将退位时让三个女儿表达她们对自己的爱戴之情，根据程度来决定分配的国土。大女儿高纳里尔和二女儿里根如他所愿地赞美了一通，只有小女儿考狄利娅因为说了"真话"而被驱逐。但小女儿的朴实真挚得到了法国国王的欢心，她最后当上了法国的王后。曾作为至尊王者拥有的至高权力给李尔带来了虚荣和欲望，他无法忍受小女儿的真话于是驱逐了她。而在他相信自己还能继续受到其他两个女儿的尊敬和爱戴时，却被她们赶出家门。小女儿考狄利娅得知此事，率军救父，最后大败被杀。李尔悲伤过度，最终崩溃而死。

作品体现着作者对当时英国社会极端利己主义的深刻批判。李尔的的性格一直处于变化发展的状态，他完成了由一个拥有无限权力的王沦为绝望的流浪者的转变。起初他是一个至尊的王者，被奉承和谄媚所环绕。被两个女儿赶走后，他也只是痛恨她们的不孝，他还坚信着自己拥有反抗这无情世道的能力。及至他一无所有、饥肠辘辘，在暴风雨中四处流浪时，他才逐渐发现这强权至上和唯利是图的社会是造成苦难的根源。小女儿考狄利娅的宽恕让他拾回了人性，他开始体恤人民，在不断自我否定过程中重新认识社会。从封建的暴戾君主到体察人民的真正的"人"，李尔的转变是"人性复苏"的过程。这其中，考狄利娅真正代表了莎士比亚的人文主义思想，她的正直、真诚在李尔王的虚荣心面前显得格外珍贵。

(四)《麦克白》

《麦克白》取材于苏格兰的传说，讲述的是一个大野心与贪婪招致祸患的悲剧。苏格兰国王手下的大将麦克白和班柯将军成功平叛后班师回朝，路遇三名女巫。女巫给麦克白做了预言，预言中说麦克白将进爵为王。庞大的野心让麦克白深受王位的诱惑，在夫人的怂恿下，他杀害了仁慈的国王邓肯，成为了国王。而在女巫的预言中，班柯将军的子嗣会继承他的王位。于是，为了王位不被他人夺走，他甚至杀害了班柯和贵族麦克德夫的妻儿。手握权力让麦克白逐渐变得恐惧和充满猜忌，手段也越发冷酷和疯狂。不久，他的妻子也因精神恍惚而自杀身亡，而麦克白的心中却毫无波动。最后，面对愤怒的邓肯之子和麦克德夫大军的围攻，众叛亲离的麦克白艰难抵抗，最终落得凄惨的下场。

外界各种邪恶势力的利欲诱惑，再加上雄心向野心的恶性膨胀，让麦克白最终成为一个给国家和人民带来灾难的专制暴君。在过去，麦克白富有将才、屡建奇勋，拥有一份想干大事业的雄心。除女巫的蛊惑和夫人的影响外，他本人获得的众多功勋也是使他堕落的原因之一。在平定叛乱之后，麦克白已是高高在上的爵士，而国王邓肯也对他过度依赖。种种影响下，麦克白成为了一个满心权欲的野心家。就这一方面来说，麦克白精神与肉体的毁灭仍具有悲剧意义。作者通过这部作品强烈地谴责了个人欲望的无限膨胀对人和社会的腐蚀作用，抨击了专横暴虐的极端个人主义，表达出拜金主义和极端个人主义必将走向毁灭的理想愿望。

三、莎氏悲剧的语言品读

（一）讽刺语言的运用

《哈姆雷特》中有一位名为波洛尼厄斯的大臣，他的曲意逢迎常常让哈姆雷特极度反感。在哈姆雷特与波洛尼厄斯的对话中，就体现出了他对这位大臣极其微妙的讽刺。比如，在这一处的谈话中，哈姆雷特将云朵说成是骆驼，后来又变为黄鼠狼，之后又说成是鲸鱼，波洛尼厄斯也是跟随着哈姆雷特的话几次改口。这一方式使波洛尼厄斯阿谀奉承的形象体现得淋漓尽致。

　　波：殿下，王后想和您说话——马上。

　　哈：你有没有见到天边那片云？它看起来像只骆驼。（手指天上的一朵云）

　　波：老天，它的确像只骆驼。

　　哈：我觉得它倒颇像只黄鼠狼。

　　波：它弓着背像只黄鼠狼。

　　哈：或像条鲸鱼。

　　波：也像条鲸鱼。

　　哈：那么，我马上就会去见我娘。

　　在《麦克白》中，莎士比亚通过麦克德夫夫人之口讽刺道："我现在还是在人世间。在这人世，做害人的事往往是受赞美的，行善倒常被认为做有危险的蠢事。"处在社会风气腐败、极端个人主义盛行时期的莎士比亚，通过其犀利精细的观察，深刻把握时代的特征，将这一历史时期的人物个性、社会环境用戏剧的方式再现。

在《李尔王》中，讽刺的运用经常发生在李尔王与弄人之间。在李尔王被大女儿高纳里尔无情逼走，打算找二女儿予以援助之前，在大女婿奥本尼公爵府外院与弄人之间有如下一段对话：

弄人：你知道牡蛎怎样造它的壳吗？

李尔：不知道。

弄人：我也不知道；可是我知道蜗牛为什么背着一个屋子。

李尔：为什么？

弄人：因为可以把它的头放在里面；它不会把它的屋子送给它的女人，害得它的角儿也没有地方安顿。

李尔：我也顾不得什么天性之情了。我这做父亲的有什么地方亏待了她！我的马儿都已经预备好了吗？

弄人：你的驴子们正在那儿给你预备呢。北斗七星为什么只有七颗星，其中有一个绝妙的理由。

李尔：因为它们没有第八颗吗？

弄人：正是，一点不错；你可以做一个很好的傻瓜。

李尔：用武力夺回来！忘恩负义的畜生！

弄人：假如你是我的傻瓜，老伯伯，我就要打你，因为你不到时候就老了。

李尔：那是什么意思？

弄人：你应该懂得些世故再老呀。

在这段对话之前，李尔王经历了人生的第一次重大变故———在划分国土时还说着爱戴与敬意的大女儿高纳里尔露出了她的本来面目。李尔王为此愤怒崩溃得快要发疯。弄人这些话表面上看似毫无关联，实则蕴含着丰富的内容，他表达了疯癫背后的理性，弄人以表面不知所云，却暗含智慧的方式对李尔分封国土的糊涂做法进行了巧妙的讽刺。

（二）暗含哲理的语言风格

《哈姆雷特》中对人物内心独白的描写有六段非常经典。其中一段：

生存还是灭亡，这是一个问题。默默忍受命运的暴虐的毒箭，或是挺身反抗人世的无涯的苦难，通过斗争把它们扫清，这两种行为，哪一种更高贵？这样，重重的顾虑使我们全变成了懦夫，决心的赤热的光彩，被审慎的思维盖上了一层灰色，伟大的事业在这一种考虑之下，也会逆流而退，失去了行动的意义。

从这一段主人公哈姆雷特的独白中，我们可以看到他对于为父复仇挣扎而又矛盾的内心，但又从他沉重黑暗的反抗中流露出了浓浓的人文关怀。这段独白所蕴含的情感与思想贯穿整部戏的始终，这种人文主义的内省与思考不仅是哈姆雷特的，还是作者莎士比亚的，更是读者的。人文主义思想与现实社会之间产生的矛盾，世俗社会与终极价值之间的矛盾，这也正是人文主义者内心的矛盾与痛苦之处。

（三）莎氏悲剧人物语言风格的转变

莎士比亚的创作难能可贵的一点，是他笔下所描绘的人物语言会紧随剧情和环境的转变进行变化。在《李尔王》中便是如此。李尔王自身的语言风格的前后转变构建了一个丰富立体的故事脉络。一个从高高在上的尊贵的王沦为一无所有的无家可归之人，身份的变化导致李尔王话语方式的转变，这能够帮助我们更好地了解人物，理解悲剧的核心内涵。综观莎士比亚的悲剧，主人公本身的性格特质也是他们最终毁灭的原因之一。哈姆雷特优柔寡断，几次错过复仇时机；李尔王爱慕虚荣，把最真诚的小女儿赶走，留下祸患。

《李尔王》故事的开始，拥有至高权力的李尔王被莎士比亚安排了目中无人的、骄傲的、仿佛是在下命令的语言。

李尔：好，那么让你的忠实做你的嫁奁吧。凭着太阳神圣的光辉，凭着黑夜的神秘，凭着主宰人类生死的星球的运行，我发誓从现在起，永远和你断绝一切父女之情和血缘亲属的关系，把你当做一个路人看待。啖食自己儿女的生番，比起你，我的旧日的女儿来，也不会更令我憎恨。

肯特：陛下——

李尔：闭嘴，肯特！不要来批怒龙的逆鳞。她是我最爱的一个，我本来想要在她的殷勤看护之下，终养我的天年。去，不要让我看见你的脸！让坟墓做我安息的眠床吧，我从此割断对她的天伦的慈爱了！叫法兰西王来！都是死人吗？叫勃艮第来！康华尔，奥本尼，你们已经分到我的两个女儿的嫁奁，现在把我第三个女儿那一份也拿去分了吧；让骄傲——她自己所称为坦白的——替她找一个丈夫。我把我的威力、特权和一切君主的尊荣一起给了你们。我自己只保留一百名骑士，在你们两人的地方按月轮流居住，由你们负责供养。除了国王的名义和尊号以外，所有行政的大权、国库的收入和大小事务的处理，完全交在你们手里；为了证实我的话，两位贤婿，我赐给你们这一顶宝冠，归你们两人共同保有。

然而随着剧情的发展，李尔王被另外两个女儿逼出家门，百般无奈下最终只能去小女儿那里寻求帮助。在去寻找小女儿的时候，我们看到无衣无食的李尔王已经完全蜕变，现实的遭遇和心理的历程使他已经没有在之前两位女儿那里的直横，更没有早前权力在手时候的飞扬跋扈与蛮横。我们看到了是一个与之前完全相反的、后悔的李尔王。

李尔：请不要取笑我；我是一个非常愚蠢的傻老头子，活了八十多岁了；不瞒您说，我怕我的头脑有点儿不大健全。我想我应该认识您，也该认识这个人。可是我不敢确定，因为我全然不知道这是什么地方，而且凭着我所有的能力，我也记不起来什么时候穿上这身衣服。我也不知道昨天晚上我在什么所在过夜。不要笑我，我想这位夫人是我的孩子考狄利娅。

莎士比亚极具人物特色的语言，让我们看到了一个风烛残年、令人同情的老人，一个在对话时时刻注意别人脸色的老者。莎士比亚最终通过李尔王自己的嘴，谴责了李尔王曾经的罪恶不堪的行径。两种人物身份表现出两种大相径庭的话语，其中的悲剧之感跃然纸上。

四、莎氏悲剧的象征意义

英国评论家里维斯说，莎剧的"主题借助意象和象征而发展，而意象和象征可影响我们理解剧中人物性格、情节和结构"。我们可以通过莎士比亚悲剧所运用的象征来更深层次地感受其中的奥妙。

美学家朱光潜在谈到悲剧时说："大多数伟大的悲剧中，往往有一种神怪的气氛。"这种气氛一方面是脱离现实的超自然现象；另一方面是由舞台的自然背景，如暴风雨、大海所体现出的。

莎士比亚是鼎鼎有名的语言大师，他的戏剧语言不仅具有诗的韵律和节奏，也充满了诗的意象。这种意象在莎士比亚的悲剧中广泛存在，在他不同主题的悲剧中具有不同的色彩。在《哈姆雷特》中的象征性意象，则表现出一种昏暗和忧愁。在父王死后，哈姆雷特一直心事重重，弑兄篡位的叔父问他："为什么愁云依旧笼罩在你的身上？"他的母亲也劝导他："抛开你阴郁的神气吧。"而哈姆雷特却回答说："我的郁结的心事却是无法表现出来的。"在这里，"愁云"、"阴郁"和"郁结"表面上表达的是相似的意思，却是三个人不同心理的体现。对哈姆雷特来说，"郁结的心事"并不仅仅是父亲被害、母亲背叛，更关键的是他对长久以来日夜生活的这个世界的怀疑和反思。"人世间的一切在我看来是多么可厌、陈腐、乏味而无聊！哼！哼！那是一个荒芜不治的花园，长满了恶毒的芳草。"在第二幕里，这种阴郁表现为哈姆雷特对世界的终极性问题的探求。"那末世界的末日快到了"，哈姆雷特说。他把丹麦甚至是整个世界都看成一个巨大的牢笼，他从叔父克劳狄斯和他母亲的罪恶行径中看到的是一幅世界末日的黑暗图景。他斥责母亲的改嫁："这样一种行为，简直使盟约成为一个没有灵魂的躯壳，神圣的婚礼变成一半谵妄的狂言，苍天的脸上也为他带上羞色，大地因为痛心这样的行为，也罩上满面的愁容，好像世界的末日就要到来一般。"他忧心如焚、犹豫不决，以致迟迟未展开实际上的复仇行动，直到最后和这个旧世界玉石俱焚。我们不能只是浅显地孤立地去解读"阴郁"的性格特征，而应当和世界的终极性问题联系起来综合考虑。这样，"阴郁"的性格特征就具有了深远的象征意义。

品读《格列佛游记》：
讽刺让批判小说更具艺术感染力

一、关于《格列佛游记》

《格列佛游记》的作者乔纳森·斯威夫特（1667—1745），英裔爱尔兰作家、诗人、政论家，世界上最伟大的讽刺文学大师之一，属于英国启蒙主义文学中的激进派。他写下的讽刺文学和大量的政论文章，揭露了英国统治者对爱尔兰的掠夺，攻击英国的殖民政策，号召爱尔兰人民起来争取自由独立，受到人民的爱戴和尊敬。

《格列佛游记》是一部长篇游记体讽刺小说，也是斯威夫特唯一的小说，作品创作大约开始于1720年，出版于1726年。它以主人公格列佛出海航行的经历为线索，对英国的政治制度进行了辛辣的讽刺，同时表达了作者关于美好社会的理想。

《格列佛游记》包括四个部分，每一部分都是英国医生格列佛的航海漂流旅行记录。

第一部分是《小人国游记》，外科医生格列佛跟随远洋船"羚羊号"出海，不幸的是，船在途中触礁遇难，一路漂到了小人国。昏迷过去的格列佛醒来时发现自己的四肢被身长六英寸的利立浦特人紧紧缚在地上。他被利立浦特人用一千五百匹马拖的专车运到京城，献给国王。小人国在挑选官员时会让参选者在一条悬空的绳子上跳舞，而最终的评定标准则是跳舞技术的好坏。朝廷里根据鞋后跟的高矮分成了两个党派。他们甚至因为吃鸡蛋应先打大端还是先打小端这一问题与邻国发生分歧，引发了战争。

格列佛帮助小人国抵抗了敌人的侵略，却在之后被小人指控说他犯有叛国罪。格列佛最后幸运地找到离开的方法，回到自己的祖国英国。

第二部分是布罗卜丁奈格（大人国）游记：格列佛乘"冒险号"再次出海。一场风暴来临，船随风漂流到一块不知名的陆地附近，格列佛与水手一同上岸寻找淡水，却独自一人被丢弃在岸上，被一个巨人捉住。这个巨人是大人国的农民，他用手帕把格列佛包裹着带回家，他的小女儿让格列佛像玩偶一样睡在洋娃娃的摇篮里。巨人发现让格列佛要把戏可以赚到钱，于是带着格列佛到各个市镇上表演展览，逼着格列佛要把戏。每天从不停歇的表演让格列佛又倦又恼，累得奄奄一息。后来，贪得无厌的农民把格列佛卖给了王后。国王一家在内宫会餐的时候，格列佛事无巨细地向国王介绍了英国的风俗、军队、法律及英国近百年的历史等等。国王认为英国的历史是"一大堆阴谋、反叛、暗杀、屠戮、革命和流放"。格列佛在大人国生活的几年，总是危险不断。思乡心切的格列佛，找机会回到了英国。

第三部分是《飞岛国游记》：格列佛又随"好望号"出海，遭到海盗劫持，格列佛侥幸逃脱。一天，他被一座叫"勒皮他"的飞岛救起。岛上的人衣着古怪，每日沉思默想，沉迷天文学研究。他们的食物来源却是一根抛往地下的绳。而一旦地下的人民奋起反抗，飞岛上的富人们就会停止向他们提供水和阳光。接着，格列佛又来到巫人岛。岛上的总督精通魔法，能任意将鬼魂召唤到身边，格列佛也因此见到了亚历山大大帝、汉尼拔、恺撒等古代的名人。在交谈中，格列佛发现史书上的记载很多都与实际不符，甚至颠倒黑白。离开巫人岛后，格列佛又游览了拉格奈格王国，来到日本，最后返回英国。

第四部分是慧骃国游记：此次出海格列佛受聘担任"冒险家号"船长。不料水手叛变，格列佛被放逐到慧骃国。格列佛遭到一种外形和人相似但毫无理性的名叫耶胡的牲畜围攻，耶胡的主人慧骃解救了他。在慧骃国，富有理性的慧骃马是这里的主人。在慧骃国的生活让格列佛发现他们具有各种美德，与之相比的故乡英国却存在不少阴暗之处。格列佛一心留在慧骃国生活下去，无奈慧骃们决定消灭耶胡，格列佛由于与其他耶胡不同，具有理性得以免死，但他仍旧无法继续留在慧骃国。格列佛只好又打道回府。

二、《格列佛游记》的政治倾向

《格列佛游记》通过幻想虚构的情节、夸张荒诞的手法，深刻揭露和讽刺了英国的制度政策、社会现状。作者笔下一个个虚构的世界，尤其是第一部分中描绘的小人国，实际上是当时英国现实生活的缩影。小人国里的人们只有六寸高，却自视甚高，妄图统治全世界，这是对当时英国统治者的绝佳讽刺。在那里，人们根据吃鸡蛋先打大端还是先打小端而形成两种宗教派别，就如英国天主教和新教之间的争斗；借助鞋后跟的高矮不同而形成两大政党，作者通过它暗示了英国国内辉格党和托利党之间的纷争。而在我们看来，小人国常年荒诞又不符合常理的斗争和对外战争，更是讽刺了英国政客在一些对国计民生毫无利处的细枝末节上钩心斗角的现实。

作者在批判英国社会现实的同时，又展现出自己对美好的社会制度的追求。大人国的国王是一个理智、仁慈的开明君主，他提倡科学和生产，厌恶格列佛口中卑劣的政客，这表明了作者对开明君主制的向往；在慧骃国里，拥有理性、智慧的马治理整个国家，他们彬彬有礼，建立着一个保留着宗法制公社的理想国度。作者通过对慧骃国的描绘，表达了他对原始宗法社会的留恋。可见，作者始终在探寻着一个理性、合理的社会制度，通过作品抨击黑暗统治与流血战争，传达启蒙思想，追求"理性王国"。

但《格列佛游记》仍然留有某种保守倾向，如对等级制度的肯定、留恋原始宗法社会、不恰当地讽刺自然科学。由于所处的时代和阶级的限制，作者始终找不到建立理想社会的方法，这种悲观主义情绪也在作品中流露出来。

三、《格列佛游记》的讽刺技巧

（一）讽刺内容：政治讽刺和科学讽刺

从整体的创作结构上看，《格列佛游记》整部小说既可拆分为独立的四部分，又可以看作一个有机的整体。斯威夫特在这四个相对独立的篇章中运用的讽刺角度也有所不同。其中，最为典型的两个讽刺角度就是主要在第一部分的《小人国游记》中运用的政治讽刺，以及第三部分《飞岛国游记》里使用的科学讽刺。

1. 政治讽刺

斯威夫特在《格列佛游记》中将讽刺手法运用得十分巧妙，以一种近乎奇幻的形式深刻讽刺了18世纪英国社会的腐朽黑暗，无情地剖露了当时英国政治中的种种腐败与不堪，谴责殖民罪恶。在《小人国游记》里，作者通过描写靠跳舞好坏来挑选官员、因吃鸡蛋是从哪一端引发矛盾和战争等看似滑稽可笑的见闻，用极为夸张的讽刺手法批判当时英国统治阶级的腐败和党派之间的无谓争斗，抨击了统治者发动战争四处侵略、抢占土地的滔天罪行。而在大人国里，格列佛在他们面前就如同小巧的人偶，但是，他们却遵守社会公德，这恰恰与小人国里的情况完全相反。在第三部分《飞岛国游记》中，一些国民日日专注沉思，疏于与人交流，甚至还雇佣了拍手以便在需要与人交谈的时候提醒自己。这些看似荒诞的故事情节，却恰好展示了18世纪的英国社会里一些贵族麻木不仁的生活状态。到了第四部分，慧骃统治着的整个慧骃国展示了人兽颠倒的怪诞景象，在格列佛向慧骃介绍家乡时的种种描述更是揭露了英国统治阶级的罪恶行径。

2. 科学讽刺

虽说《格列佛游记》中以政治讽刺居多，但是，也体现出不少对于科学的讽刺和对荒唐虚假的学术的抨击，这种讽刺艺术主要在第三部分的《飞岛国游记》中凸显出来。这一段的情节虽然没有很强的故事性，而且比较零散，但也增加了作品的讽刺效果。在第三部分对飞岛国的记述中，以对自然科学的讽刺为主，它在很大程度上表示了一种嘲弄的观点，即科学不仅没有促进人类的发展，而且还可能是统治者的一种统治手段。为何斯威夫特会产生这种科学上的讽刺观点？这既与历史背景相关，也有其自身的缘由。一方面，由于历史原因，英国的皇家科学院在科研上陷入了两难境地，许多科学家的科研成果没有用于实际的生产，只注重科研本身的内在需要，这与斯威夫特生活在一个科学还没有普遍运用于实际的年代有关。另一方面，特定时代决定了讽刺家和科学家的矛盾，这并非是个人的过错。实际上，并非只有斯威夫特一人在讽刺科学家，另一部有名的代表作是塞缪尔·巴特勒的《月亮上的大象》。另外，斯威夫特的科学讽刺也存在自身的理由，他从道德关怀的角度出发对科学进行了讽刺，这是因为曾经发过的引起了爱尔兰社会极大愤慨的事件。正是由于威廉·伍德给爱尔兰铸造钱币造成了恐慌，许多爱尔兰民众都担心会发生货币贬值的情况，从而引起了大规模的抗议。

（二）讽刺技巧：反语、夸张、对比及象征

1. 反语

在《格列佛游记》中，斯威夫特使用了大量的反语讽刺技巧。反语是指在表达上有意地运用与原义相反的词汇或句子，又称"倒反"和"反话"。期威夫特对人性的种种邪恶进行了严厉的批评，而在积极的话语中很难表现出激烈的感情时，他就用反语来强化它的讽刺作用。使用反语可以增加作品中的讽刺效果，同时也能够增加小说的幽默和审美情趣。表面赞颂内藏讥讽，让人产生一种矛盾的感觉，一切尽在不言中。例如，尽管对殖民主义进行批判，但作者却声称这和大不列颠没有任何关系；他把英国朝政的各种阴暗翻了个底朝天，却仍口口声声说自己"热爱祖国"。类似的话数不胜数。

格列佛在小人国里被剥夺了自由，于是他恳求国王希望得到释放。格列佛出色地完成了一系列工作，并且接受了国王提出的要求，这位国王才不情不愿地同意给予格列佛自由。与此同时，一份有关恢复格列佛自由的条文由大臣们起草出来，也是十分有趣且富有内涵。通常，在宣布皇帝的正式条文前，大臣们都会说上几句赞颂国王的话。对此，斯威夫特写道："利立浦特国至高无上皇帝，举世拥戴、畏惧的君主，领土广袤、边境直抵地球四极，身高超过人类的万王之王，他脚踏地心，头顶太阳；他一点头，全球君王双膝抖战；他像春天那样快乐，

像夏天那样舒适，像秋天那样丰饶，像冬天那样可怖。"这句话用在小人国国王的身上，无疑是最合适的。作者用一种反复无常的方式来打破固有的传统，在产生幽默令读者捧腹大笑的同时，强烈的讽刺效果跃然纸上。

当格列佛向大人国国王谈论自己的国家时，国王嗤之以鼻，说他们是卑微的虫子，而像他们这样卑微的虫子为什么要效法大人国的制度呢？格列佛听"他这样一直说下去，气得我脸上红一阵白一阵。我那高贵的祖国原是学术、武功的权威，法兰西的灾殃，欧洲的仲裁人，道德、虔诚、荣誉、真理中心，世界的骄子，全世界敬仰的国家，想不到他竟这样瞧不起"。斯威夫特想要批判英国的现状，却又不好太过露骨地说出自己的想法，只好把自己的所思所想借大人国国王之口表达出来，而主人公格列佛为自己的国家辩解，就起到了用反语来表达真实情感的讽刺效果，这样作者便能十分委婉地批判他所厌恶的一系列黑暗和罪恶。

《格列佛游记》的第三部分，叙述了格列佛在勒皮他王国的冒险故事。在这一部分中，斯威夫特毫不留情地讥讽了科学研究与实际和生产背离的趋势。拉格多科学院的专家们专注于从黄瓜中获取阳光以取暖，将粪便还原为食物，繁殖无毛的绵羊等各种荒诞不羁的研究。这种科学研究，不仅无法推动科学的发展，还会对人们的生产造成很大的影响。斯威夫特同样还对英国的政治体制、首相、议员和法官进行了精彩的讽刺，这种讽刺特色是十分鲜明的。在第三部分第六章中，格列佛访问了一所科学院，一名设计师在他的文章中写下了许多荒唐的想法，例如，他相信人的身体与政治其实是十分类似的，所以，为了使身体和政治都能保持健康，必须用同样的药方来治疗他们的病症。此外还有，为了防止宠臣的记忆力减退，就应当在他汇报工作后对他进行一次身体上的惩罚；而在查处嫌疑人时要对他的排泄物进行仔细的审查，因为没有什么东西能比他在大小便时的思想更加认真和专注。这一切都是非常可笑的。但是，作者并没有进行直接的批评和嘲弄，而是让笔下的格列佛把一个更加荒唐的想法告诉了科学家，而且对方很高兴地同意了，甚至感谢格列佛把这个想法告诉了他们。斯威夫特在作品中没有反驳这种荒诞的观点，反而把它的可笑夸大得无以复加，把它的可笑表现得淋漓尽致。

2. 夸张

斯威夫特在《格列佛游记》一书中，对某些具体的细节进行了细致的描述，加上了连环画般的夸张手法，使两者形成鲜明的对比，从而形成更强烈的幽默效果。具体而言，作家以现实的环境和角色为描写目标，再通过夸张化的艺术处理，表现出一种具有讽刺意味的黑色幽默。举个例子，在小人国，所有的居民都是矮小的，说是可以被格利佛玩弄于股掌之间也不为过，这一切都是经过了艺术的夸大处理。而且，这个国家虽然看上去渺小，却拥有着现实社会实际拥有的一切职能。很明显，这是建立在现实的社会基础之上的一个缩影，这里发生的各种阴谋诡计都是对现实世界的一种折射。同时，作者还运用这样一种连环画般的夸大手法，揭露了现实生活中某些荒唐的现象。例如，在小人国中，人们根据在绳子上跳舞的优劣来挑选官员，这是讽刺英国的某些官员只是一个滑稽的小丑，揭露了英国社会中某些荒唐的举动。

尤其是在小人国，他们的思维和行动都和人类近似，但他们的身高仅仅有人的一个指甲盖高。最让人意外的是，这些看起来渺小卑微的家伙，竟然如此狂妄，认为自己就是这个世界的主人。做官是所有小人国人民梦寐以求的事情。一般来说，一个官员应具备足够的综合能力，但在小人国，能成为一个合格的官员只需要一个灵活的身手，这无不体现出那个社会中人们的自负和愚蠢。

3. 对比

斯威夫特在作品中采用了很多对比和反差手法，将真实、美好的社会形象进行了鲜明的对比，使其能够清楚地表现出作者本人对待某些事件、角色的喜爱与厌恶。例如，在小说的结尾，作者将耶胡描绘成了一个贪得无厌的人，而将慧骃描绘成了一种充满了爱心和其他美德的形象。当读者读到这一段的时候，就会感受到这种截然不同的反差。这种对比的方式，可以激起读者对丑恶面孔的极度愤慨和痛恨，从而使读者更加热爱和崇拜具有高尚品格的人物，并表现出一种对美好社会素质的追寻和渴望。

抛开文学上的浮夸不谈，对比手法也是《格列佛游记》最大的特点之一。在小人国的故事中，作者将小人国人民的体型和主人公进行了对比。而在大人国，同样也将该地居民和格列佛的身高展开比较。这种描写手法，无疑是讽刺文学史上一种革命性的进步。一开始，主人公是小人国中的超人，他有一种强烈的自豪感，他的理解力比小人们要强得多。这种优越感反映了在当时资产阶级比起旧制度具有的优越性。但是，格列佛在大人国的人们面前表现出来的渺小，在某种程度上却是对这一点的嘲弄。这种反差使整个作品充满了趣味和讽刺意味。在这部作品的开头，格列佛认为自己什么都会，小人国里没有人可以超越他，但这仅仅是一个开始。在这之后，他就完完全全变成了一个小学生，摒弃了原有的思维，努力用全新的眼光来观察社会的真实。他对两个截然不同的世界有了全新的理解。现在的格列佛和之前的格列佛已经是两个人了，他一开始是无条件地接受了自己的处境，但经过了一番比较之后，再次彻底地否认。这就是斯威夫特的独到之处，他运用反差手法向读者展示了讽刺的威力，并显示出其深刻的影响力。

4. 象征

斯威夫特在整个作品中都运用了象征的方法，其目的在于表达整个作品所具有的批判性主题以及对英国社会的讽刺意味。具体来说，小说可以由小人国、大人国、飞岛国、慧骃国四个层面来组成，在其内涵上都有着深刻的象征意味。例如，在小人国，作者把小人们身高的矮小作为英国统治者卑劣和渺小的标志；而高跟党和低跟党的斗争，则是英国社会政党斗争的形象再现；大端派和小端派的斗争，反映了国教与清教在英国社会的斗争。这些都反映出英国的政治斗争和宗教斗争只是微不足道的小事，但却能够使他们钩心斗角，再次突出了讽刺意味。飞岛中主要体现的是英国统治者对人民进行的压榨和剥削，而大人国和慧骃国则是理智与智慧的象征。作者以象征化的方式表达了自己对社会现实的反思与评估，并将自己的意向表达得淋漓尽致，从而避免了空洞的政治说教，这样就可以让读者在比较生动的意象里领悟到深刻的哲理，使作品更有艺术感染力，更能传达出作者的讽刺意向。

5. 人称变化

斯威夫特对《格列佛游记》的创作无疑是基于极其夸张的想象力而写成的，这些极尽荒诞离奇的故事情节牢牢抓住了读者的眼球。作者创造性地将第一人称自叙与第二人称对话、第三人称评述有机地融合在一起，可以使人在观看角色的一言一行时也能看到他的内心世界。这部作品有很大一部分是以主人公格列佛的叙述为基础的，第一人称的叙述更能让人产生共鸣，让人不由得跟随作品产生各种情绪。小说中时常会有的第三人称叙事，使读者从"小天地"的第一人称叙事中走出来，从而让读者清晰地认识到虚拟与真实之间的界限。从"第三者"的视角描写

18世纪各阶级的真实生活，并通过对社会现实中不同阶级的典型人物进行讽刺，从而使虚拟与现实完美融合。《格列佛游记》的创作具有丰富的思想和创造性的艺术形态，但并未与现实脱节，反而以真实为依据，创造了一个色彩斑斓的梦幻世界。

品读《巴黎圣母院》：
独特的文学语言助推故事一波三折

一、关于《巴黎圣母院》

《巴黎圣母院》发表于1831年，是维克多·雨果小说创作的里程碑，集中体现了当时浪漫主义者对社会和个人的看法。壮阔、雄伟，熔各种浪漫主义手法为一炉，充满了反封建、反教权和反社会黑暗的浪漫主义战斗精神。

爱斯梅拉达是一位美丽而善良的吉卜赛人。愚人节那天，她在巴黎圣母院前广场上优美的舞姿，深深地吸引了圣母院主教克洛德的注意。于是，克洛德就派出自己的养子加西莫多，也就是圣母院的敲钟人将爱斯梅拉达劫走。幸运的是，爱斯梅拉达被宫廷弓箭队的队长法比斯救了出来，她被这位军官所打动，浑然不知自己爱上的是一个无情无义的负心汉。那个被克洛德收养的加西莫多则受到了惩处，他被绑在广场中央，在众人面前忍受鞭刑，炎炎的烈日让他口干舌燥。此时出现的爱斯梅拉达并没有因为遭到绑架就对他产生怨恨，与其他人的幸灾乐祸不同，她怜悯地为加西莫多倒来一杯水。当爱斯梅拉达和军官法比斯约会的时候，偷偷尾随其后的克洛德出于嫉妒捅了法比斯一刀，并把责任推到了这位姑娘身上。爱斯梅拉达就这样被判处了绞刑。爱斯梅拉达宁愿死，也不肯向克洛德屈服，不肯接受克洛德让她用身体换取生命的卑鄙威胁。在处决的那一天，加西莫多把爱斯梅拉达从刑场上救下，带到圣母院的屋顶上把她保护起来。当法庭无视圣地避难权决定逮捕少女时，乞丐王国的流浪汉们闻讯攻打圣母院，国王下令镇压。混战之中，克洛德将少女劫出圣母院，再次逼迫她屈从自己的淫欲。遭到拒绝后，克洛德将少女交给了隐修女。两人发现对方就是苦苦寻觅多年失散的亲人，母亲无力保护女儿，悲戚身亡。爱斯梅拉达又被追来的士兵抓住，当她被绞死时，加西莫多深深陷入了一种无助的状态中，看透了克洛德的邪恶本性，把他从屋顶上推下去杀死，自己也带着女孩的尸体悄无声息地离开人世。故事情节跌宕起伏、一波三折。

爱斯梅拉达作为真善美的象征，是黑暗中的欧洲难得的一片光亮，她发自内心的善良和爱寄寓了作者最美好的愿望。克洛德神父具有双重的特性，每次出场都带来阴郁的色彩。他仇视世间一切美好的事物，也是小说中最有深度的人物。但他同样也是宗教禁欲主义的牺牲品。被克洛德收养的加西莫多，性格单纯，内心善良，与克洛德既是父子又如仇人。克洛德的收养使加西莫多能够继续存活，但是他又受着克洛德精神上的奴役，令人痛惜。加西莫多是作品当中另一位美的象征。

雨果将爱斯梅拉达这个纯洁亮丽的人物，放到了一个充满了阴暗腐败的中世纪环境里，描绘了一个由专制统治和教会束缚的世界，就像一张大网一样让她窒息，用残忍的方法逼迫她一步步走向死亡的深渊。以压迫波希米亚的姑娘为乐的宗教，教会中的人为了迎合他们的兽性而进行邪恶的计划，专制国家像机器一样冷冰冰地残酷和残忍，在雨果的浪漫的笔下，它们就像一场梦魇。《巴黎圣母院》中无处不体现着专制的野蛮与黑暗，表达出对封建专制以及虚伪的宗教势力的猛烈抵制和抨击。美好的爱是由这两根绳子共同束缚而毁灭的。

二、《巴黎圣母院》的艺术特征

（一）人物都是雨果观念的产物，是其人道主义观念的外化

小说张力非常强，必然带来动与静结合、宏观与微观并重、大场面与小场面交替出现等特点。

巴黎的建筑、印刷和建筑的关系等，都是不可或缺的，唯此才能完整地反映主题。

建筑：对以巴黎圣母院为代表的法国中世纪文化持既肯定又否定的态度。并不否定整个中世纪的文化，并不认为宗教是十恶不赦的；而是否定克洛德的邪恶，否定克洛德的歪曲宗教。神殿中却藏污纳垢。克洛德指着书说："这个要杀死那个。"即印刷要杀死建筑。雨果肯定印刷术的出现，人类思想的传播带来了社会的进步。

（二）强烈的戏剧性

《巴黎圣母院》具有强烈的戏剧性，这并非偶然，因为作者本人就是戏剧家。主要体现在：

（1）运用戏剧结构组织情节，以广场为大舞台，因而带来了戏剧般的

流动的叙事视角。内视角集中于一点，外视角不断流动，这是戏剧手法。

（2）采用了戏剧意义上的悬念、发现、突转。悬念：爱的身世。发现和突转：克洛德发现自己内心已经疯狂地爱上了爱斯梅拉达，同时发现爱斯梅拉达和法比斯的情感，由此引起突转，由爱生恨，跟踪、刺杀，爱斯梅拉达转为魔掌下任人宰割的羔羊。此外，爱斯梅拉达的身世揭开，带来两方面突转，她不是吉卜赛人，不是女巫，仍被送上绞架，突出残酷性；母女刚相认就面临生离死别，具有悲剧感。

两种方法：写非本时代的事；写幻觉，不写现实，情节可任由作者编织，方能收到情节曲折离奇、不可推敲的效果。大的背景真实，但整个故事无法仔细推敲，大量的偶然因素和巧合，在现实中难以发生，这使小说一波三折，线索头绪众多。

（三）对照手法

节奏对比：动静对照。大处如：攻打圣母院到死一般的寂静。小处如：爱斯梅拉达与法比斯坠入爱河，背后却被突插一刀。

人物多层次对比：人物自身的对比，加西莫多外貌的丑陋和心灵的美好；法比斯外表的潇洒和内心的丑恶；克洛德外表的道貌岸然和内心的邪恶。对爱情的态度构成对比，爱斯梅拉达与法比斯，法比斯与加西莫多，加西莫多与克洛德。

善用能表现心灵的对话来刻画人的内心世界：加西莫多笨嘴拙舌，

但说"美美美";克洛德咬牙切齿地反复说法比斯"他死了";等等。

三、《巴黎圣母院》的语言特点

（一）强烈的对照艺术

《巴黎圣母院》的对照艺术是高超卓绝的。由于它遵循浪漫主义的艺术原则，因而具有鲜明的夸张性和传奇色彩，饱含作者的激情，体现作者的理想。雨果认为，美丑对照的原则是全面而深刻地反映社会生活不可或缺的艺术手段，因为在现实生活中"美与恶并存，光明与黑暗相共"。

强烈的对照，作为一种美学理想，贯穿于《巴黎圣母院》的始终，因而呈现出完美的整体性。纵横于全篇、贯穿于始终、渗透于细部，形成一个结构庞大、层次绵密井然、相互关联、各方照应而又富于变化的对照系列。

这个对照系列，从情节的安排和描写来看，有情节与情节之间的对照（如爱斯梅拉达受害的情节与克洛德害人的情节之间的对照）、有场面与场面之间的对照（如爱斯梅拉达将被处死的场面与重又得救的场面之间的对照）、有细节与细节之间的对照（克洛德企图污辱爱斯梅拉达的细节与加西莫多坚决阻拦的细节之间的对照），等等。

这个对照系列，从所反映的内容来看，有两个王朝的对照（以路易十一为代表的封建王朝与以克罗班为代表的"奇迹王朝"之间的对照）、两种法律的对照（如法兰西王朝的栽赃诬陷、残害百姓的法律与"奇迹王朝"的富于民主、维护百姓的法律之间的对照）、两种处世哲学的对照（如克洛德、法比斯的向恶与爱斯梅拉达、加西莫多的向善之间的对照），等等。

从人物刻画来看，既有人物之间的对照，又有人物自身的对照。人物之间的对照，既有正面人物与反面人物之间的对照（如爱斯梅拉达与克洛德之间的对照），也有正面人物与正面人物之间的对照（如爱斯梅拉达与加西莫多之间的对照），又有反面人物与反面人物之间的对照（如克洛德与法比斯之间的对照）。人物自身对照，既有正面人物自身的对照（如加西莫多外形的丑与内心的美之间的对照），又有反面人物自身的对照（如法比斯的外形美与内在丑之间的对照）。此外，尚有人物与环境、人物与兽类之间的对照，如此等等，不一而足。

总之，《巴黎圣母院》中的对照系列，表现了雨果的对照艺术的整体性。对照原则触角伸向作品的各个角落，成为推动情节发展、凸显人物性格、表达主题思想的主要艺术手段。它的作用是"使效果更完全，并且使整体更突出"。雨果在《〈克伦威尔〉序》中说："如果删掉了丑，也就是删掉了美。独创性就是由两个方面所组成的，有高山必有深谷。如果用山峰来填平深谷，那末就只会剩下荒原和旷野，没有阿尔卑斯山了，只有沙布龙平原，没有雄鹰了，只有百灵鸟。"《巴黎圣母院》由于用了全面反映生活的对照原则，又通过一个完整的对照系列艺术地体现了这个原则，所以它正是这种既有阿尔卑斯山又有沙布龙平原、既有雄鹰又有百灵鸟的丰富多彩的佳作。

（二）独特的细节描写

正如一部现实主义作品的成败常常取决于细节描写的优劣，一部浪漫主义作品的优劣也常常取决于细节描写的成败。但浪漫主义作品的细节除了应像现实主义作品的细节那样具有真实性之外，它还必须具有夸张性，否则就不是浪漫主义的细节了。《巴黎圣母院》的细节描写，不仅具有真实性和夸张性，而且具有传奇性和象征性，因而显示了细节描写的独特性。

《巴黎圣母院》的这种细节描述，主要表现在克洛德"四抓"上：克洛德对爱斯梅拉达疯的痴迷和希望对她进行长久控制的极端心理，使得他绝不会让爱斯梅拉达落入别的男人手中的情况发生，他们甚至连摸她一根汗毛都不被允许。他那极度异常的忌妒心和控制欲，在"四抓"的一套详细描写中得到了最直接的展示。

第一"抓"：克洛德从巴黎圣母院的最顶端四处眺望时，看见跳着舞的爱斯梅拉达身边的男人，他怀着妒忌的心情急忙跑了过来。到达之后他知道这个人就是那个流浪的诗人甘果瓦，就向他打听起他和爱斯梅拉达之间的联系。甘果瓦向他讲述了他在乞丐国险些丧命以及爱斯梅拉达前来搭救之后的故事。此时，克洛德心中充满了妒忌与愤恨，他开始向这位诗人发难："你敢发誓说你没有碰过她吗？"当甘果瓦说"我试过一次"时，克洛德"抓住惊呆了的甘果瓦的肩膀，眼光可怖地叫喊道'滚到魔鬼那儿去吧'"，在这一段细节化的描写中，"抓住"两字生动地体现出克洛德此时极其激烈的妒忌和对爱斯梅拉达疯狂的控制欲。从而体现了细节描写的夸张性。

第二"抓"：当克洛德在他的密室与皇家检查官加克密谋要逮捕爱斯梅拉达时，他看到窗口上"一只昏眩地寻觅着三月阳光的苍蝇，刚好飞过蛛丝而被网住了"，接着出来一只大蜘蛛要吃掉这只苍蝇。当加克伸出手来去救这只苍蝇时，克洛德"忽然惊起，厉害地痉挛着，抓住他的胳膊"叫道："听天由命吧！"这时克洛德的眼睛是"呆定定的，狂乱的"。这突如其来的一"抓"把检查官骇昏了，他觉着"他的胳膊好像被铁钳钳住了似的"。这里，"抓住"正表现了克洛德的嫉妒已经发展为恶毒和凶狠。它表明：克洛德已经暗下决心，他要像蜘蛛吃掉苍蝇一样地毁掉爱斯梅拉达。这一点克洛德自己直言不讳地招供道："啊，是的！这是一切的象征。苍蝇飞舞，欢乐，刚刚诞生；它寻求着春天、新鲜空气、自由；啊，是的！但是，它碰上了命定的窗户，蜘蛛跳了出来，丑恶的蜘蛛！可怜的跳舞姑娘！"这样，克洛德像用"铁钳钳住"什么东西似的"抓住"加克的胳膊阻拦他搭救苍蝇的细节，就象征了他决心加害爱斯梅拉达的恶毒心计和阴谋，从而表现了细节描写的象征性。

　　第三"抓"：一天，克洛德突然发现法比斯与自己的弟弟若昂在前去喝酒的路上边走边谈，便悄悄跟踪其后偷听谈话。于是得知法比斯今晚将与爱斯梅拉达幽会。当法比斯发现身后有人跟踪时便说："先生，假若你是一个强盗，那你真像一只苍鹭啄食一只胡桃了。我是一个破落户的儿子，另外打别的主意吧。"这时，经过化装穿着黑色斗篷的"妖僧""从斗篷下伸出手来，用一种鹰鸳似的猛力抓住了法比斯的胳膊"。这里，以"抓住"表现克洛德强烈的嫉妒及无限的仇恨和痛苦，从而表现了细节描写的传奇性。

　　第四"抓"：克洛德的阴谋实现了，爱斯梅拉达因被诬而下狱。在监狱中克洛德向爱斯梅拉达倾诉"爱情"时，女郎却在想着法比斯。当爱斯梅拉达在克洛德倾诉"衷情"的间隙，无限深情地说"呵，我的法比斯"时，克洛德"猛力抓住她的胳膊"并且说："不要说这个名字，是这个名字使我们毁了！"这里以"抓住"这个动作细节描写，再次表现了他对法比斯强烈而痛楚的嫉妒及对女郎的怨恨，从而表现了细节描写的真实性。

　　雨果在论及莎士比亚的细节描写时说："莎士比亚作品里的细节很多，但同时，也正因为这点，他巨大的整体就更威严。这好像是一株橡树，它用无数细小纤美的叶子投射出一片广大的浓荫。"我们说，《巴黎圣母院》中的许多细节，也如同无数细小而斑斓夺目的叶子，它们汇集起来，投射出一幅五光十色的浪漫主义的图画。

（三）新颖的对话

雨果在批评伪古典主义时指出："这种落于俗套的高贵和风雅是再平庸不过的。在这种文体中，没有一点新发现的东西也没有一点创造性的东西。"雨果在理论上批判了伪古典主义在艺术表现上的"俗套"和僵化，而且在创作上表现了自己的"新发现"和"创造性"。他在《巴黎圣母院》中关于"并行不交"的对话的创造，就是这种"新发现"和"创造性"的表现。

所谓"并行不交"的对话，就是两人谈话，各人说各人的，表面看来彼此并不交锋，其实有内在的联系，具有那种"内在的、深刻的、合理的准确"，并且"和语言逻辑始终协调一致"。这种新颖的对话，极其罕见，而且具有特殊的表现力。

例如，当克洛德在牢房里向爱斯梅拉达倾诉"衷情"时，她没有直接表态，既没有接受，也没有谴责，而只是如同独白似的两次重复说："哦，我的法比斯！"这两人谈话各说各的，虽然并未直接交锋，但有内在联系。克洛德自白式的"倾诉"，表示了他对爱斯梅拉达有强烈的肉欲。面对他激昂慷慨的"倾诉"，爱斯梅拉达不仅不为之所动，而且内心深处产生一种异常厌恶的感情；因为他的所谓"爱"给她带来的不是幸福而是灾难，他不仅是她的追求者，更是她的迫害者。正是他把她投进监狱，这种"倾诉"越是热烈，所引起的反感也越是强烈。但她又无法制止他梦呓似的告白，所以只好把自己的感情集中于一个独白似的短句："哦，我的法比斯！"这个短句不仅是她在阴森的监狱中对于幸福爱情的忧郁的呼唤，而且是用以驱散心头的厌恶的特殊手段。这种新颖的对话所产生的艺术效果，是一般对话所望尘莫及的。它能表达出特定场合下极其复杂而微妙的思想感情。

再如，国王路易十一与一个重要犯人之间的谈话更为典型。一次，路易十一来到了巴黎。他在巴士底监狱的一个房间里正在倾听一个官吏阿里维"向他读一个长长的账目"（国家开支的账目）。当读到关于新制造的一个囚笼的开支时，国王提议亲自去视察一下。下面就是他视察囚笼时与笼中犯人之间的"并行不交"的对话：

路易十一最喜欢说的这句咒骂的话，似乎把笼子里的人惊醒了，大家听见铁链磨着底板发出声响，听到一个仿佛来自坟墓的微弱声音说道：

"陛下，陛下，开恩啊！"

"三百七十镑五梭尔七得里！"路易十一说。

笼里又有了呻吟声：

"开恩呀，陛下！我向您发誓，背叛您的不是我，而是昂热城的红衣主教先生。不是我呀！"

"泥水匠好狠心，往下读阿里维！"

呻吟声音也继续着：

"唉！陛下！您不听我讲话吗？我向您保证，给德圭耶讷大人写密函的不是我，而是巴吕主教先生呀！"

"木匠也很贵。"国王说。

"开恩呀，陛下！人家为我的官司拿去了我全部财产，我是无辜的呀，我在一个铁笼里关了十四年了！开恩吧，陛下！你会在天堂里得到好报偿的！"

"阿里维阁下，"国王说，"总数呢？"

"十四年了，陛下！已经十四年了我绝没有背叛您！"

"阿里维，"国王摇着头说，"我查出这灰泥每桶只值十二苏巴黎币，我发现算我二十苏巴黎币。你得把这笔账重算算。"

此处，国王与犯人的谈话各说各的，同时并行，并未直接交锋。犯人恳求了五次，国王紧接犯人恳求之后谈论了五次，表面上似无联系，实则有内在的呼应。犯人富有激情的申诉和哀求，表明他身受重刑的苦痛与冤屈；而国王面对犯人的求告，丝毫不为所动，仿佛旁若无人，既没接受，也没拒绝，而是继续与阿里维谈论关于囚笼的造价。毋庸置疑，国王这种傲慢与蔑视的态度是不回答的回答：他不能饶恕！因为这个犯人国王不仅"比谁都知道得清楚"，而且他还是国王最重要的政敌。因此，犯人的恳求与国王的冷漠的谈话就发生了内在的密不可分的联系。

国王表面上是与阿里维谈话，实际上就是回答，他仿佛在说：我若能放了你，又何必出巨资造这么个坚固的囚笼？而且亲自视察这里，犯人与国王的丰富的潜台词不是那么紧密地交融在一起吗？"并行不交"的对话所具有的宏大的思想容量，不是显现了它所蕴含的巨大而丰富的表现力吗？雨果在论及戏剧语言的创新时，要求语言艺术要"敢做敢为，敢于冒险，敢于创造和发明自己的风格"，因为"人类的智慧始终在向前发展，语言是跟着人类的智慧亦步亦趋的"。我们说，雨果在《巴黎圣母院》中关于"并行不交"的对话的创造，就是在语言的运用上"敢做敢为、敢于冒险、敢于创造和发明"的表现。

（四）多重叙事视角的完美结合

1. 全知全能视角

就《巴黎圣母院》来说，全知全能的叙事角度能够最大限度地反映出叙述者的主观意识，这在描绘宏大的社会图景和浩大的叙事框架中是最佳的。全知全能的叙事方式也因此成为了《巴黎圣母院》的主要叙述手法。通过阅读《巴黎圣母院》，我们可以感受到，无论何时，故事的叙述者都会随处出现，能够了解所有已发生的细节，了解过去和未来，可以自由地深入到每一个角色的内心，去发掘他们的秘密。总之，叙述者在作品中起着许多或大或小的作用，尤其是叙述者的介入作用。就小说中的角色来说，在叙事视角下，叙事主体具有高高在上、无所不能的地位，其介入作用尤其明显。它的介入作用之一是通过呼唤叙事者，也就是作为故事的读者，来吸引受述人的注意力。就如下面这段话：

> 若承蒙看官同意，我们不妨就竭力开动脑筋，想象看官跟我们一道，夹杂在穿着短上衣、半截衫、短袄的嘈杂人群中间，跨进大厅时会有什么样的感觉。看官也许还没忘记那个厚颜无耻的叫花子，就是序诗刚一开始，便爬到红衣主教看台边沿上的那个乞丐吧？

评论干预主要用来对文章的叙述进行补充说明，或是表达叙述者本人对被叙述的事件和人物的态度和观点。基本上，叙述者可以随意地对叙述中的人和事进行解释和说明以及好恶的评价等。此处的"看官"就是故事的的读者，通过直接让故事的叙述者引入作品人物的描述手法来吸引读者的注意力。另外，叙述者还可以进行批判式的介入。这种介入手法的使用主要用于对作品的故事线进行附加的注释，或是展现作者自己对于所描述的事情和角色的看法。从根本上讲，叙述者可以自由地诠释故事中的人物和事物，并对其喜好与厌恶做出评判。例如下面这段话：

> 此人长着一张精明、聪慧、狡诈的面孔，兼有猴子般嘴脸

和外交家相貌的一种面容。但是，对于可怜的红衣主教来说，事情并没有到此结束，与这般没有教养的人为伴，看来这杯苦酒非饮到底不可了。

在《巴黎圣母院》中，介入性无处不在，这也是这部作品的一大亮点。这样不仅可以让文章的组织更加紧密、更加完善，而且可以让读者跟着作者想要表达的思想前进。另外，在叙事过程中对叙述者进行召唤，能引发读者的同感，从而增强故事的可信度。比如，以下这段话就包含了以上两个作用：

台子的旁边，那个身穿黑布褂儿、脸色苍白的人，到底是谁？唉！亲爱的看官，那是皮埃尔格兰古瓦及其演出序诗的戏台。我们大家都把他丢到脑后去了。而这恰恰是他所担心的。

2. 第三人称视角

叙述者的角度与小说中某个角色的角度一致，通常是以"第三人"的角度来看待。在采用第三人称的情况下，叙述者所了解的内容与小说中的角色一样多。在故事发生的过程中，故事叙述者必须在角色被找到以后才能将信息告诉被讲述的对象。例如，下面这段话：

这个男人，这个冒失鬼，就是那个秃头，不大会儿之前他还混在波希米亚的观众里，用可怕可恨的话吓唬过那可怜的姑娘。他穿着教士的服装。当他从人群中跳出来的时候，一直没有注意他的甘果瓦立刻就认出了他。"真的，"甘果瓦惊呼道，"这是我那艾尔美斯式的老师堂·克洛德·费罗洛副主教呀！"

故事的叙述者依然是读者，但他的观点与小说中的甘果瓦的观点一模一样，受诉人所获得的消息与甘果瓦所获得的完全吻合。甘果瓦发现，神父克洛德并不像他表现出来的那么禁欲，他只不过是一个被宗教束缚着的人，在各种诱惑下，他仍然会毫不犹豫地表现出自己的欲望。读到这儿，读者对克洛德的看法和甘果瓦的看法相差无几。这种以第三人称的视角进行叙事的方式，使读者在阅读中自然而然地体会到一种亲切感和真实感。特别是对于某些人物内心深处的秘密，在作品中所展现出来的，要比用全知全能的叙述角度表现得更为真实。就算小说里的角色语言或许有些夸张，不像是叙述者口中的真实情况，但读者们还是会将自己代入到角色身上，去理解这个人物的性格。例如，下面这段话：

在篝火与人群之间的一块空地上，有一位姑娘在跳舞。她个儿并不高，但是她优美的身材亭亭玉立，看起来仿佛很高似的。

3. 多重视角的使用和转换

上述两种叙事视角在《巴黎圣母院》中不断交替出现，从不同的角度描述了整个事件，并对角色进行了多层面的刻画，使故事和角色看起来更为立体丰满。全知全能的叙事角度充分展示了整个故事的全貌和人物的整体特征，而第三人称的方式则更侧重故事中的细节和角色的心理特征。更让人赞叹的是，雨果对这两个叙事角度的转变也处理得十分娴熟。比如小说第九章《昏热》，起初他运用了全知全能的叙事角度来描述克洛德在加西莫多救下爱斯梅拉达时的种种行动，然后又巧妙地转换为第三人称的角度描述了他丰富的内心世界。接着再次从全知全能的角度展开叙述，讲述了克洛德与弟弟相遇时的情况。这两种角度的完美结合，既可以突破全知全能叙事的独断性，又可以对第三人称叙事角度的偏颇进行补充。

品读《高老头》：

靠人物说话来渲染小说的悲壮氛围

一、关于《高老头》

《高老头》的作者是法国作家巴尔扎克，这部长篇小说于1834年成书。《高老头》是《人间喜剧》中一部深具影响力的小说，也是《人间喜剧》的序幕，从这部作品开始，巴尔扎克对《人间喜剧》中的人物和情节做了统一的精心安排，使之成为有机的整体。巴尔扎克的《高老头》，标志着现实主义风格的成熟，也是他小说创作的最高峰。

小说的主人公高老头是一位面粉商，中年时妻子离世，他把全部感情都投入他的两个孩子身上。他对她们从小就进行很好的教育，为的就是让她们未来能够出人头地：结婚时每个女儿都有八十万法郎的嫁妆，而他的两个孩子却过着奢侈的日子。高老头对她们的爱和付出很快就被金钱压倒了。

《高老头》的重点在于对资本主义社会中人们的赤裸裸的利益关系的批判。这部作品的背景是1819年末至1820年初的巴黎，描写了两个并行而交错的情节：一个退休的面粉匠高里奥，被他所疼爱的两个女儿残忍抛弃，在伏盖住处的阁楼上凄凉地死去；在巴黎的社会侵蚀下的青年拉斯蒂涅不断堕落，但是他依然保留了部分公正和良知。其间还夹杂着鲍赛昂夫人与伏脱冷的交集。作者笔下的场景分别在破旧的套房和上流贵族的奢靡生活中来回切换，描写了巴黎社会中无限膨胀的物质欲望和极度丑陋的罪恶景象，揭露了资产阶级在利欲统治下的堕落和人性的冷漠，同时也提出了在资产阶级的侵略下贵族阶层不可避免地消亡，真正体现了波旁王朝复辟时期的特点。

二、《高老头》的结构特色和人物塑造

《高老头》是《人间喜剧》的序幕，它是《人间喜剧》思想和情感的最集中体现。它是短短三天三夜行云流水的艺术佳作。它的结构非常独特，故事围绕着三个中心人物展开：高老头、拉斯蒂涅、鲍赛昂夫人。它所用的是一种由多个短篇集合而成的结构，但每一个篇章又各有侧重。作品以《高老头》为题目，却是以拉斯蒂涅为中心，对高老头和鲍赛昂夫人则仅是选取了他们人生中的部分片段。小说的中心在于拉斯蒂涅心理不断变化、野心不断增长的人生阶段。

拉斯蒂涅：法国的贵族子女中典型的一个快速资产阶级化的、以适应时代发展变化的人物形象。他已经完成了根本性质的转变。这样的变化一切都是那么合乎逻辑，那么纷繁复杂。由于当时的大环境发生了改变，他自己原本的生活轨迹也遇到了变故，他的心理受到了社会极大的冲击，他的胜利伴随着堕落。他不依靠旧时代的传统，而是坚持了与旧时代的封建伦理背道而驰的做法以取得的成功。拉斯蒂涅的形象中蕴藏着资本主义对那些出身贵族的子弟们产生的深刻影响，而《人间喜剧》的首个主题——贵族的消亡，则在他身上形象地表现出来。他的成功，是因为他对资产阶级的彻底的接纳，以及封建贵族的

必然消亡。

伏脱冷：他以一种错综复杂的方式揭示了资产阶级的种种罪恶。他眼光毒辣，思维敏锐，能够洞察巴黎上层阶级的种种丑陋行径，对社会的根本性质有着深刻的了解。作者借伏脱冷之口毫不留情地讽刺资产阶级自私自利、贪得无厌的本性，并残忍又精准地预示了资产阶级的命运。不过，他虽然洞察一切，在作品中却是作为反面人物出现的。他从了解到人性和社会的本质开始，就常常用锋利的爪子去攻击他人的破绽。他生性残暴、狠毒，是一个与现实世界为敌的人，但从本质上来说，他其实是一个极度自私的利己主义者，他憎恶社会，是由于不公平的财富分配，他所做的每一件事都是出于为自己谋利，他强大而又富有感染力。欧洲的文学传统之一就是强盗文学，有许多关于赞美强盗的作品，比如《基督山伯爵》。巴尔扎克继承了这个传统，他相信强盗们敏捷、强壮和正直。他对伏脱冷的真性情和强大的力量，还是很敬佩的。

高老头：巴尔扎克反复强调高老头对两个女儿的疼爱，然而这是一种极扭曲的、不健全的父爱，造成的后果就是两个女儿心理上的缺陷。他临终之前的陈述为我们揭示了在利益支配下虚伪的家族情谊。

三、《高老头》的语言特色

(一) 修辞手法的运用

运用的大量修辞手法凸显了作品语言的艺术价值和吸引力，并把更为深层的含义表达得更加清晰，把抽象的内容具体地表达出来。可以说，在这篇文章中使用的修辞手法，除了突出其文字功能外，还体现了作品整体的文体特征和时代特征。

1. 夸张的修辞手法

夸张的修辞手法，往往是通过假造声势来渲染特定的故事、气氛、角色。例如，鲍赛昂夫人提到过，纽沁根夫人要是能够"进入她的客厅"，也就是有机会走近她，那么她就不会在乎任何代价，而这种代价则是以一个人把街上的尘土都给抽走为基础。这种夸大的方式，充分体现了巴黎贵族阶层的强势与凌驾于普罗大众之上的傲慢，他们甚至拥有超越法律的力量。他们拥有着至高无上的权利，可以为所欲为，而这对于拉斯蒂涅来说也是一种诱惑。

2. 回环的修辞手法

回环是把句子的前言和后句组合连接成为一个循环，用来表示各种事物彼此间存在的某种联系。鲍赛昂夫人的话语中也体现出了回环的运用："两个你不认我，我不认你。"伏脱冷也说："势必是你吞我，我吞你。"这里十分精妙地展示了社会中复杂人际关系的现状，揭露了资本主义社会的钩心斗角，即使是自己的同胞也要尔虞我诈、暗度陈仓。在这个地方，家庭和朋友的情谊都没有了任何的价值和意义，它是巴黎现实状况的形象再现。

3. 比喻的修辞手法

《高老头》中对比喻的运用，主要表现在对情感问题和人生问题的论述上。鲍赛昂夫人和伏脱冷都把人生比作是恶臭的，他们认为要享受生活，就得勇敢地和邪恶为伍，不惧怕让自己的双手沾染污秽；还把爱情比喻成一种可以与婚姻交易的物品，相信它可以支配命运。他们两人用这样的比喻来体现资本主义社会的堕落不堪，把人们的感情看成是同金钱和商品一般的事物，流露着对现实怀有的强烈埋怨和不满。

在《高老头》中，巴尔扎克常常把人物和动物相比较。作品中的宏观的情节展开让人着迷。但是，在理解小说的主题时，微观层面的影响也不可忽视。其中一个明显却又容易被读者忽略的特点是动物形象的大量运用，用动物形象来比喻人的情况经常在作品中出现。这样的比喻更为生动地塑造了主人公的形象特点，进一步推动了剧情的发展，加深了小说的主题。下面的几句就是极好的例子：

总之，这家伙好比社会大磨坊里的一匹驴子，做了傀儡而始终不知道牵线的是谁。

饭桌上十八个客人中间有一个专受白眼的可怜虫，老给人家打哈哈的出气筒。

雷斯多伯爵夫人生得端正，高大，一对漆黑的眼睛，美丽的手，有样的脚，举手之间流露出热情的火焰；这样一个女人，照龙格罗侯爵的说法，是一匹纯血种的马。

做父亲的应该永远有钱，应该拉紧儿女的缰绳，像对付狡猾的马一样。

但斐纳回答娜齐："只有像你这样的姐妹才会跟着别人造我的谣言。你是野兽。"

"我房饭钱完全付清，我出我的钱住在这儿，跟大家一样！"她说完把全体房客毒蛇似的扫了一眼。

"我一看见她就打寒颤，这只老蝙蝠我敢打赌，这个没有血色的老姑娘，脚像那些长条的虫，梁木都会给它们蛀空的。"

人与人的关系就你吞我，我吞你，像一个瓶里的许多蜘蛛。

（二）个性化语言

巴尔扎克尤其强调，在塑造经典时，要注意角色语言的描写。在作品中，主人公的语言是其个性特征的符号。张玉能在他的《西方文论》中评价："天才就在于使人物性格得以展现的语言在每个场合喷涌而出，而不在于用一个适于每个场合的句子把人物打扮得滑稽可笑。要确定一个人物是快活的、阴郁的或诙谐的，那很容易，但他的快活、阴郁和诙谐应由具有性格特点的语言表现出来。要描绘好你的人物，就要让他说话。"《高老头》的文字丰富多彩，能够鲜明地体现出每个角色的性格特征，他们的语言和各自的身份、经历以及地位相统一，就如同伏脱冷的粗鲁的语言，充斥了对整个世界腐朽与黑暗的揭露和憎恨，鲍赛昂夫人则用优雅的语言来表现她对世间的憎恶和苦痛，而高老头的话语则包含了一个父亲的关爱，拉斯蒂涅的语言是他思想斗争的一种体现。下面几段伏脱冷的语言也十分经典：

凡是浑身污泥而坐在车上的都是正人君子，浑身污泥而搬着两条腿走的都是小人流氓。扒窃一件随便什么东西，你就牵到法院广场上去展览，大家拿你当把戏看。偷上一百万，交际场中就说你大贤大德。你们花三千万养着宪兵队和司法人员来维持这种道德。妙极了！

巴黎的人怎么打天下的？不是靠天才的光芒，就是靠腐蚀的本领。在这个人堆里，不像炮弹一般轰进去，就得像瘟疫一般钻进去。清白老实一无用处。雄才大略是少有的，遍地风行的是腐化堕落。正人君子是大众的公敌。

你要想快快发财，必须现在已经有钱，或者装做有钱。要寻大钱，就该大刀阔斧的干，要不就完事大吉。人生就这么回事。跟厨房一样腥臭。要捞油水不能怕弄脏手，只消事后洗干净。今日所谓道德，不过是这一点。道德家永远改变不了它。你要有种，你就扬着脸一直往前冲。

（三）细节描写

（1）用密集的光线，围绕焦点进行鲜明的描绘、深刻的刻画，完整地反映那个时代的本质特征和风俗，是《高老头》细节描写最显著的特色。

《高老头》的细节描写，首先表现在金钱关系对社会的广泛渗透。从拉丁区的破房子到圣日尔曼区那些光鲜亮丽的王宫，从苦役犯、仆人到百万富翁、名门淑女，所有的一切都被打上了金钱的烙印。其次，细节描写也体现了金钱关系渗透生活的深度。细节以强大的生活逻辑力量，说明金钱关系渗透了政治生活，决定了政治舞台上阶级力量的对比。鲍赛昂夫人隐退，在赌场帮助拉斯蒂涅的那个白发老人，拉斯蒂涅小小的年收三千法郎左右的田。不仅如此，金钱关系还主宰了家庭关系、婚姻关系，控制了以爱情和友谊为中心的感情生活。细节在表现这个方面具有更大的尖锐性。

除了直接表现了金钱关系的细节之外，还有不少细节间接地表现了金钱力量对世态人情的深刻影响。鲍赛昂子爵的饕餮，拉斯蒂涅对但斐纳的追逐，娜齐入宫觐见，但斐纳急不可耐地想挤进鲍赛昂夫人的客厅，沙龙中亲热的谈话中隐藏着刻毒的讽刺。这些都写出金钱的力量。

（2）以细致、生动、逼真的手法把角色和他所生活的种种琐碎细节都描写得栩栩如生，让读者也能看得清楚明白，了解故事背后的真相。这是《高老头》细节描写第二个显著的特点。

《高老头》中，没有静态地对鲍赛昂、雷斯多、纽沁根的住宅进行从里到外、不落下一丝一毫的叙述，而是根据拉斯蒂涅的所见，进行了一系列的细节描写。对于贵族的住宅来说，它的奢华主要是由灯光、装饰、室内的分类等细节来表现。在纽沁根家，主要是用"五彩云石嵌镶的楼梯台，挂满意大利油画的小客厅"来衬托出这座房子的俗艳。而对外表和言谈举止中的细腻刻画更是令人赞叹，因为要捕捉到一个动态的细节，比发现一个静止的细节要困难得多。但巴尔扎克用他那锐利的眼光和娴熟的笔触，轻松地抓住了它们。伏盖太太的鼻子像鹦鹉的嘴巴一样，她穿着由破旧的衣服改造而成的一条破烂的围裙；阿波莱那张猪肝色一样长着小肉刺的脸，一条扎脚裤子空荡荡地垂着；拉斯蒂涅漂亮的前额和一双脱了底的鞋子；高老头挺出的大肚皮，还有一枚金刚钻的别针；伏脱冷吐了一口唾沫和用大拇指指甲弹了一下牙齿的行为；阿瞿达走出鲍赛昂公馆时那种心里的石头落地了的轻松神情；鲍赛昂太太看见洛希斐特包厢中没有阿瞿达时那种喜气洋洋的样子；纽沁根假装对他的太太哭泣……所有这些都让读者看得如痴如醉，仿佛身临其境，一切都在自己的眼前发生，从字里行间中深深感受到了那个年代的气息。

（3）根据从典型情境中塑造具有代表性人物的基本原理，以对偶然性的探究出发，精心挑选、提炼和描绘最具特色的重要细节和普通小事，以追求个性化的细节效果。这是《高老头》细节描写中的第三个重要特点。

细枝末节的刻画使得角色形象更为丰富、逼真。每次钥匙出了问题，伏脱冷就会潦潦草草地修理、组装，然后说："这一套我是懂的。"拉斯蒂涅将从但斐纳那分到的一千法郎交给高老头，在伏脱冷动手之前他迫切希望告知泰伊番父子的想法和卖掉手表为高老头下葬等细节，都毫无保留地展示了这个被社会的染缸浸蚀的野心家曾从外地带来的些许良知。

（4）《高老头》的细节描写的最后一个特点是对情节进行了必要的戏剧化处理，使得剧情更为激烈紧凑；再现各种细节以突出事件之间的联系，对部分具体详细的情节进行放大，借此来表达作者的思想感情，揭示人物性格背后隐藏的内涵，因此赋予细节的描述更强大的生命力和艺术性。

《鬼上当》这一章的戏剧效果尤为精彩。作者精心挑选和加工的细节带来了一种神秘感和让人意想不到的戏剧性。作者在挖掘这些细节的时候，着重采用了富有戏剧性的对话、动作和表情。例如，伏脱冷对拉斯蒂涅"昨天两手空空，今儿就有几百万"的引导，他在被逮捕时的咆哮，以及他对米旭诺阴暗的诅咒，米旭诺在寻找赃物时强烈的审视的目光，高老头头一回坐车回家时引起的轰动，伏盖夫人的叹息和眼里充满的哀伤，如此种种，作者把一切稍纵即逝的微妙变化都汇集在一起，使人的耳朵和眼睛都能感受到强烈的戏剧性冲击。

《高老头》中某些细节的多次出现是引人注目的，这样的再现并非是单纯的复制。人生就是如此，一件事情常常要从多个角度来看才能够窥见其中的奥妙，而第一次看到某一件东西时，人们常常会把注意力集中在它的表面上。随着你不断地反复深入地观察，就会发现各种事物之间的因果。除此之外，反复出现的事物也会给我们留下更多的印象。高老头的饮食习惯是从伏盖夫人的体会开始的：在最初的一年里，他几乎每个星期都要有一两次外出用餐；后来，慢慢地改变为每个月两次；到最后，吃饭的方式变得很平常。这让伏盖夫人很是恼火。从这里可以看出，有明暗两条线索相互交织在一起：明线代表着伏盖夫人，暗线代表着高老头的两位女儿。然后，我们又从特朗日太太的口中得到了高老头在两个女儿家中越发不受待见的消息，明线渐隐，两个女儿的暗线越发清晰。但故事还没有结束，小说的最后部分就是高老头在人生中最后时刻的一段叙述：当他为两个女儿能嫁给权贵支付了八百万的嫁妆时，他的那一份刀叉被两个家庭永久地保留了下来。直到此时，这处细节的设置才得到了解释。

《高老头》里的很多细节都蕴藏着极大的信息量，不是完全地展现出来，而是保留了想象的空间。雷斯多驾车从门口飞驰而过，差点把高老头给撞倒，他又"怒气冲冲地回过头来，瞧了瞧高老头，在他没有走出大门之前，对他点点头"，而高老头则"亲热地答礼好似很高兴"。这些细节刻画出雷斯多的个性特点：傲慢、贪婪和虚伪；而高老头的人微言轻、并不健康的财产状况和扭曲的父爱，都在他的回答中体现了出来。吃饭时，拉斯蒂涅谈到高老头在雷斯多家受到的待遇，高老头垂下了眼帘，扭过脸来擦干眼泪，却假装自己被隔壁人的烟灰迷了眼睛，而拉斯蒂涅则趁机宣布自己成为高老头的保护人。在这些重要的细节描写中，即体现着高老头所受的一切苦难，被夺走的财富和被摧残的精神，同时还表现了拉斯蒂涅的狡猾和野心，把高老头当作自己走入上流社会的踏板。高老头在弥留之际，将自己的头发链子和徽章佩戴整齐，深深地叹息了一句，这个细节看似微不足道，但却是对高老头整个人生的一个完整的概括，它是作品哲理的集中表现，加强了作品的悲壮氛围，具有十分丰富的意蕴。

综上所述，《高老头》的细节描写是极其丰富、独特、有力的。巴尔扎克是一位杰出的现实主义作家，其对细节的描述手法和技巧的运用都在《高老头》的创作中得以体现和发展，使其成为一种凝练、形象、细腻、深刻、自然立体的艺术形式。他在《人间喜剧》其他作品中，对细节的描述也有了一定的发展。

品读《名人传》：
语言魅力刻画"巨人三传"

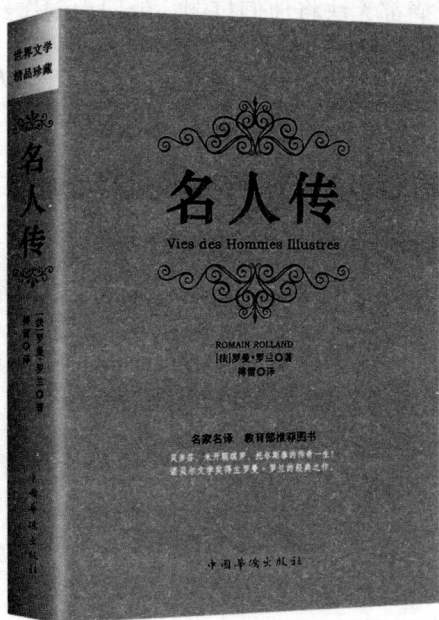

一、关于《名人传》

《名人传》，是法国著名的批判现实主义作家罗曼·罗兰创作于19世纪末20世纪初的作品。它作为一部人物传记，包括了《贝多芬传》、《米开朗琪罗传》和《托尔斯泰传》三部传记。三位主人公都是在各自领域里极富创造性的巨匠，所以《名人传》又被称为"巨人三传"。传记的主人公贝多芬、米开朗琪罗、列夫·托尔斯泰，他们有的深受病痛的摧残，有的幼年时就苦难缠身，有的陷入内心矛盾的折磨，或三者交叠加于一身。而万般苦痛都无法将他们打倒，他们为创作经久不衰的杰作奉献了毕生精力。罗曼·罗兰重现了他们在困难重重的人生道路上仍旧初心不改的心路历程，着力刻画他们的崇高情怀和博爱胸襟，为我们谱写了一曲壮阔的英雄之歌。

罗曼·罗兰早期的创作，侧重于戏剧方面。19世纪后期，法国戏剧界出现了高度的商业化倾向。而在普法战争之后，法国由于战争失败，国内情绪陷入了低潮。在这个背景下，罗曼·罗兰的"人民戏剧"思想正式提出，即针对剧坛的商业化倾向提出反对颓废的、与现实剥离的、以娱乐为根本目的的戏剧形式，而要从颓靡的基本国情出发，推出能够体现民众生活的戏剧，以重建正面的民族情绪。受这种理念的激励，罗曼·罗兰对自己的创作之路充满了激情和期待。然而，因为文化官员的种种阻挠，以及一些非大众所熟悉的内容与方式，他在戏剧方面并未获得很大的成就，反响甚微。因此，自 20 世纪初起，他开始着手写名人传记。

罗曼·罗兰创作名人传记的思想基石仍然与"人民戏剧"相通，在于安慰和鼓励生活不如意的人们，激励他们不要被苦难打倒，振作起来同不幸的命运做斗争，"呼吸英雄的气息"，努力成为一个"无愧于'人'的称号的人"。对于这个新的构想，他作出了一个庞大的写作计划。他总共草拟了几十个自己钦佩的又能激励国民的对象，最后完成了十多个。其中流传最广的是《贝多芬传》、《米开朗琪罗传》和《托尔斯泰传》，史称罗兰的"巨人三传"。罗曼·罗兰的《名人传》产生了轰动，并深刻影响了此后的传记文学。《名人传》使罗曼·罗兰获得巨大成功，最终被授予了诺贝尔文学奖。

二、《名人传》的结构组成

（一）"在伤心隐忍中找栖身。"——贝多芬

贝多芬出身贫困，他的父亲是个粗鄙的歌剧演员，母亲是个侍女。贝多芬小时候经常受到父亲的责骂和拳脚相加，在母亲过世后，更是一个人照顾起两个兄弟的生活。1793 年，贝多芬来到维也纳继续他的音乐事业。但没过多久，痛苦与不幸慢慢降临到他的身上。从 1796 年起，贝多芬的听力逐渐下降，耳中时不时伴随着嗡嗡的杂音。没有什么能比丢失听

力更使一个音乐家感到恐惧。1801年，他和一位比小他十四岁的姑娘坠入爱河，但是因为他自身听力的缺陷和家境上的差距，两年之后，那位姑娘与一位男爵结了婚。贝多芬将身心两方面受到的痛苦，全都倾泻在了《月光奏鸣曲》上。欧洲的革命风潮在维也纳引起了轩然大波，贝多芬也慢慢从灰暗中走出。苦难成了他创作的灵感源泉，《热情奏鸣曲》和《英雄交响曲》是他这个时期的华丽之作。他备受关注，伴随而来的却是更加悲惨的生活。生活贫困，亲人朋友的逝去，听力完全丧失，健康情况恶化。但是，所有的苦难都被他用一种伟大的毅力所征服，他最终写下了自己的最后一部作品《第九交响曲》，为我们奏响了生命之歌。

（二）"愈受苦愈使我喜欢。"——米开朗琪罗

《米开朗琪罗传》分为上编"战斗"、下编"舍弃"和尾声"死"。1475年3月6日，米开朗琪罗出生于意大利佛罗伦萨附近的一个小城上，他的父亲是两个地区的最高行政长官，母亲在他六岁时就去世了。十三岁时，他进入佛罗伦萨有名的画家多梅尼科吉兰达伊奥的画室学习绘画技巧。一年后米开朗琪罗又去到另一所学校，跟随贝利托尔多学习雕塑。之后他又来到佛罗伦萨统治者洛伦佐·美第奇开办的学院里学习，并且还得到了洛伦佐的青睐。在此接触到的各种人文主义诗人再加上洛佐伦的支持，为他人文主义思想的形成打下了良好的基础。米开朗琪罗认为，应该把人的艺术、文学和科学归还给人，人绝不能像一个奴

隶一样被捆绑在教条之上不久。而他的这种思想又恰恰与他未来的经历相冲突。此后，他又先后到达威尼斯、罗马等名城。在罗马，随处可见的古代雕像让他感到自己进入了一个庞大的艺术宝库，雕塑水平也不断得到提高。

1505年，在尤里乌斯二世的邀请下，米开朗琪罗前往罗马修建陵墓。他出类拔萃的建造本领很快就遭到了教皇身边人的嫉妒。教皇听信了他人的鼓动，指派米开朗琪罗绘制了一幅全世界最大的壁画——《创世纪》，这是在西斯廷教堂的一幅天顶画。此后几年，他也一直在历任教皇的逼迫下进行创作，其间也出产了不少著名的雕像作品。教皇克雷芒在1537年去世后，米开朗琪罗本以为自己可以尽情地跟随心意进行创作了。但是，当他抵达罗马的时候，保罗三世再次带走了他。只能受着教堂约束创作似乎是他无法逃离的厄运。

（三）"我哭泣，我痛苦，我只是欲求真理。"——托尔斯泰

托尔斯泰出身贵族，年少时便父母双亡，转由亲戚抚养。托尔斯泰大学时对学业并不上心，反而迷恋社交，同时又对哲学尤其是道德哲学有着浓厚的兴趣。1851年前往高加索服役。在各次战役中，托尔斯泰看到出身平民的军官和士兵的英勇与果敢，进一步刺激了他解放农民和批判贵族生活的坚决态度。在那里，他创作出了《童年》《少年》《青年》和《一个地主的早晨》等名作。1856年退役后，他回到庄园，企图以代

役租等方法改善农民生活。没有几年，兄长去世，这加重了他的悲观情绪。托尔斯泰在1862年结了婚，有妻子帮忙管理庄园，他终于可以着手打磨作品。托尔斯泰留下《战争与和平》以及《安娜·卡列尼娜》等传世之作，轰动了19世纪的小说界。

但是，托尔斯泰始终是悲观的：他本人出身贵族，已经拥有相当的地位和财富，但他时常因为认识到社会存在着的矛盾、农民的穷苦生活而为自己富裕的生活感到羞愧难安；他同情底层民众，又因为自己和他们的思想存在距离不免悲观失望。因此，他厌倦自己的生活，对自己宣传的博爱和自我修身的思想也常常产生怀疑。在精神上，他一直是孤独的。最后他于1910年10月时选择了秘密出走，病死在一个小火车站。

三、《名人传》的语言品读

（一）避免虚构，尽量显示其真实性

每一部传记，都是取用主人公的原话以及同代人的见证。作者对人物经历进行客观叙述时，常常大量引用主人公的书信、日记，这些材料的选用也丰富了传记的传奇色彩。就比如《贝多芬传》中，融入了贝多芬本人的书信、笔记等生平材料，不但能够更加生动、细致地展示出主人公性格以及他的精神思想，而且能够真实还原场景，大大增强传记的

可信度。而在《托尔斯泰传》中，则是直接用托尔斯泰杰出的艺术作品来诠释他伟大而光荣的一生。

（二）三位英雄苦难的异同之处

罗曼·罗兰在三个人物的传记中，既不过多地描写人物的生活中鸡毛蒜皮的小事，也从不简单地对他们的创作轨迹进行描述，而是紧紧抓住了三个人物的共同点，着重描写了他们为了追寻真善美，在漫长岁月中所承受的艰辛和对命运的抗争。三部传记的主人公有着共同的生活图景和人生方向：经历长期苦难的折磨，展现生命洪流的艺术创造和对真理的热爱。罗曼·罗兰以动人心弦的笔墨，写出了他们与命运抗争的坚强意志和不断追求真善美的人文情怀，为读者谱写了一首盛大的"英雄交响曲"。

对苦难的抗争是《名人传》的主要思想，而苦难在各人身上又有着种种不同的表现。独特的主人公个性决定了传记的独特风格。《贝多芬传》和《米开朗琪罗传》主要描述主人公艺术活动，揭示其独特个性，以及傲人的天赋背后不公的命运和残忍的现实。《托尔斯泰传》多半是创作特写，主人公托尔斯泰是一个永远在怀疑、永远在探寻出路的人物形象。《贝多芬传》充满宏伟的英雄主义气魄，主人公贝多芬是一个奔放强力的生命；《米开朗琪罗传》则是力量的颂歌，又蕴含着悲剧意义，主人公米开朗琪罗是始终与教条束缚抗争的独立个体。

（三）语言魅力

《名人传》作为一部人物传记，也不乏语言上的独特魅力。《名人传》的语言美主要体现为以下三点：

第一，语言的修辞美。如传记一开头，作者就用大量的笔墨刻画贝多芬的肖像："短小臃肿，外表结实；脸宽大，褐色而悲壮，头发异乎寻常的浓密，到处逆立，赛似'美杜莎头上的乱蛇'。""他的一生宛如一天雷雨的日子。"说贝多芬的头发好似"美杜莎头上的乱蛇"，用一个人们熟知的传说人物做比拟，贝多芬那一头乱发的形象浮现在读者眼前。而用使人烦闷的雷雨天来形容贝多芬的一生，读者对他的苦难又有了更为深刻的理解与感受。

第二，极富哲理的语言。贝多芬的名言："我愿证明，凡是行为善良与高尚的人，定能因之而担当患难。"许多名言能流传至今本身就有其深刻的哲理。"我称为英雄的，并非以思想或强力称雄的人，而只是靠心灵而伟大的人。"在罗曼·罗兰看来，只有以强大心灵成就一生的人能成为英难。英雄"主要是成为伟大，而非显得伟大"，这句话是从过程而非结果的评判角度来补充了英雄的界定，是否能成为英雄与成败无关。

第三，《名人传》的语言中洋溢着一股旺盛的激情。罗曼·罗兰在《米开朗琪罗传》的序言中说："我绝不去树立一些可望而不可即的英雄。我憎恨那种卑怯的理想主义。它把目光从人生的苦难和心灵的脆弱移开……世界只有一种英雄主义，那就是看出世界的本来面目，但仍然去爱它……让我们敢于面对痛苦，并尊敬痛苦！让欢乐受到赞颂！让痛苦受到颂扬！"作者希望更多人呼吸着英雄的气息，在苦难中坚定自我，在挫折中不断探寻，在精神上燃起希望，洋溢起对生命、人生的激情与渴望。"我们应当重新鼓起对生命对人类的信仰！"

品读《复活》：
特色语言让托尔斯泰的小说更具批判力量

一、关于《复活》

《复活》的作者托尔斯泰（1828—1910）是俄国伟大的思想家和艺术家，他的创作使俄国批判现实主义文学达到了世界现实主义文学的顶峰。托尔斯泰生活在俄国农奴制改革和资本产义发展的初期，他的作品概括了农奴制改革后至1905年的俄国社会生活的全部，被列宁称为"俄国革命的镜子"。

托尔斯泰最初的构思是写一个以"忏悔"为主题的道德教诲小说，题名为《柯尼的故事》。初稿写成后，作家自己感到很不满意，他在1895年11月5日的日记中写道："刚去散步，忽然明白了我的《复活》写不出来的原因是必须从农民的生活写起，他们是对象，是正面的，而其他的则是阴影，是反面的东西。"在十年的创作过程中，托尔斯泰经过艰难的探索，不断地修改，扩大和深化了主题，前后共写成六稿，使《柯尼的故事》与作家所希望揭露的社会问题有机地结合起来，小说的篇幅也逐步扩展，由中篇到长篇，最后成为一部批判尖锐、内容丰富的社会小说。

作者史无前例地猛烈抨击了沙皇的独裁统治和官办教会的伪善本质，无情揭示了他们对广大民众造成的巨大苦难。同时，这部小说是作者在改变了自己的世界观之后所产生的思想的冲突，也是俄国众多农民在即将发生的资产阶级革命前的情感体现。

小说的故事梗概是这样的：农奴出身的女主人公喀秋莎·玛丝洛娃

从小死了母亲，是个美丽、纯洁的姑娘。她和聂赫留朵夫在一个夏天相遇，并真心地爱上了这个贵族青年。男主人公聂赫留朵夫从上完大学以后，到近卫军中服务，他的人生也开始腐化堕落了。三年以后的一个圣诞前夕，他骗害了天真善良的喀秋莎，然后又把她抛弃。喀秋莎在怀了身孕之后，被雇佣她的主人赶了出去，悲惨的生活摧残着她的心，让她学会了吸烟、酗酒。后又被诬告蓄意投毒，被昏庸腐败的法官判处流放西伯利亚。恰巧，当了贵族代表的聂赫留朵夫在法庭上认出了她，终于"良心发现"，觉得自己有罪，他感到应当是自己受到了惩罚，而喀秋莎无罪。因此，他对喀秋莎表示了歉意，并四处寻找解救她的办法，如果没有成功，他就将土地让渡给农夫，陪同喀秋莎一起去到西伯利亚，甘心忍受所有的痛苦，以此来弥补自己的过错。他的行动感动了喀秋莎，她又重新爱上了他，并且唤醒了曾经心中的善良与美好。最后喀秋莎不愿聂赫留朵夫终身为她受苦，就劝他回去，自己与政治犯西蒙松结合，精神上得到了"复活"。聂赫留朵夫也通过同法庭、监狱、流放所的黑暗现实的接触，在一次次对社会阴暗本质的觉悟中，彻底与上层阶级划清界限，以虔诚的心信奉起宗教，他也获得了"新生"。

二、《复活》的主题内涵

列宁对托尔斯泰有过这样的评价："在自己的晚期作品里，对现代一切国家制度、教会制度、社会制度和经济制度作了激烈的批判，而这些制度所赖以建立的基础，就是群众的被奴役和贫困，就是农民和一般小业主的破产，就是从上到下充满着整个现代生活的暴力和伪善。"该评论揭示了托尔斯泰后期作品中所具有的批判性和重要的价值，对《复活》的研究也具有重要的指导作用。

《复活》用了很多的笔墨来揭示在独裁统治下的法庭、监狱和政府机构中的阴暗，政府官员的冷酷残忍和法律的虚假也是作品中透露出来的信息。作品的开端便是审判无辜的玛丝洛娃的场面，那些貌似公正的执法者，却是一伙道德败坏、草菅人命的官僚。小说通过聂赫留朵夫到枢密院替玛丝洛娃上诉的情节，剖开了沙皇政府从上至下凶残腐败的真正面目。不仅玛丝洛娃受到了这些腐败分子的迫害，农民、工匠、流浪汉和所有的小业主同样无法逃脱。这部作品不仅揭示了政府的残酷和暴虐，还揭开了官办教会虚伪的"慈善面纱"，无情地剥去了神甫金线织成的外衣，指出了他们精神上奴役人民的罪行。托尔斯泰的艺术描写有助于我们了解沙皇政府和官办教会狼狈为奸的实质。正因为这样，《复活》将政府和教会得罪了个彻底，小说在发表时，整部作品在审查机关的手下有五百多处被完全删去，揭示虚伪的监狱祈祷仪式的两章也全被删除，最后只余下"礼拜开始了"五个字。

《复活》是托尔斯泰以往的作品中对农民贫困的根源剖析得最为深刻的一部。作品通过聂赫留朵夫来观察社会，随着他的足迹，在读者面前展现出两个直接对立的阶级，两种截然不同的生活。土地严重不足、歉收、沉重的赋税、经常吃不饱，所有这些都是作为农民固定不变的生活内容出现在聂赫留朵夫的面前。农民贫困的根源是什么？作家明确指出："人民贫困的主要原因就在于人民仅有的能够用来养家活口的土地，都被地主们夺去了。""老百姓的全部灾难在于那些养活他们的土地并不在他们的手里，而在另外的人的手里，那些人凭借土地所有权，依靠老百姓的劳动来生活。"作家借聂赫留朵夫之口大声疾呼："土地是不可以成为财产的对象的，它不可以成为买卖的对象，如同水、空气、阳光一样。一切人，对于土地，对于土地给予人们的种种好处都有同等的权利。"

托尔斯泰的批判力量有着深厚的社会根基，这也是他能对农村贫困的深层原因进行深刻揭露的原因。就如列宁所评价的那样："他对土地私有制的毅然决然的反对，表达了一个历史时期的农民群众的心理。"

《复活》还全面揭示了俄国资本主义急剧发展使俄国人民蒙受的苦难。在沙皇统治下的这一切腐朽与黑暗，都被作者在他的作品里一一道出。

《复活》的成功之处还在于它将一个被打压、被迫害的底层妇女喀秋莎·玛丝洛娃的经典人物形象展现在世人面前。在打造玛丝洛娃的人物形象时，托尔斯泰付出了无比艰辛的劳动，我们知道光是喀秋莎·玛丝洛娃出场时的肖像描写，托尔斯泰就写了二十遍以上，这一次次的描写，与其说是作家在字句与分寸感上进行斟酌，还不如说是托尔斯泰在一次次地"端正"对玛丝洛娃的态度，对人民的态度。托尔斯泰果敢地提出，喀秋莎的不幸是聂赫留朵夫这种贵族的放纵无度和沙皇统治下的黑暗社会造成的。

《复活》中最让人感触深刻的人物就是喀秋莎·玛丝洛娃，她是一个生活在旧社会最下层的妇女，她的命运总是那么悲惨又令人同情，沙皇的统治给人们造成了多少灾难和不幸！托尔斯泰以喀秋莎·玛丝洛娃的经历，对整个黑暗社会进行了批判，同时也借着她的故事，颂扬了人们崇高的品德和无私的灵魂。尤其在作品第三部分中描写了这个不幸女性的"复活"，在某种意义上，这是被压迫的底层人民觉醒的表现，也是托尔斯泰后期作品中的民主与人民化趋势的进一步深化，从《哥萨克》中的玛丽雅娜到《复活》中的玛丝洛娃，作者的思想和艺术创造，总是在不断地进行一次又一次艰苦而又重要的尝试。

托尔斯泰是卓越的批判现实主义文学大师，他特别擅长细致地刻画人物的内心世界。把人物的思想感情、心灵深处的复杂变化，通过他那严谨的笔触、精细入微的分析坦露在读者面前。托尔斯泰之前的一些作者，在揣摩人物心理时，有些是专注描绘角色个性，有些则是擅长描述社会和生活中的各种矛盾对人物个性产生的作用，有些则是喜欢把情感和行为的关联表现出来，有些作者则善于分析感情。这些写作特点在托尔斯泰的作品中也可以发现，但是他把这些经验总结与自己的观点巧妙地结合起来，形成了自己别具一格的风格。小说的男主人公聂赫留朵夫在法庭上因受着良心和道义的审判而产生一系列心理情绪的波动交替，无一不是他内心生活的自然表露，正是这些心理活动使聂赫留朵夫形象有血有肉，完整统一，从容貌到品格一览无遗地暴露在读者的面前。而玛丝洛娃在法庭上的精神状态和思想感情却完全不同于聂赫留朵夫。作家没有像刻画聂赫留朵夫的心理那样，采用大量的内心独白和自我反省，而是间接地通过玛丝洛娃的外貌、她的简单的对话和不被人注意的小动作来暗示她的内心活动。

同时，我们还必须看到，《复活》中的不足之处也较为明显。托尔斯泰一方面揭示了社会上的邪恶，另一方面又要求禁止一切暴力；否认用一种革命性的方法来颠覆独裁统治，但同时又在作品中宣称："革命，不应当毁掉整个大厦，只应当把这个古老大厦的内部住房换个方式分配一下罢了。"他批判了教会的虚伪，而又常常祈求"心中的上帝"，解释道："不应该在寺院里祈祷，却应该在精神里祈祷。"他对地主和资本家的反抗，不过只是让农民、车夫和手工业者进行无用的抱怨和软弱的咒骂。这种负面的表现，恰恰体现了他们"用很不自觉的、宗法式的、宗教狂的态度"来观察社会问题，这也表明了他们"幻想的不成熟，政治素养的缺乏和革命的软弱性"。

三、《复活》的语言品读

（一）深刻细致的心理描写

托尔斯泰以其高超的心理描写而闻名，其最突出的特点就是善于刻画角色内心矛盾的发展。车尔尼雪夫斯基在他初入文学领域时，就注意到了这种特征，并以其独特的见解进行了深刻的阐述："心理分析可以采取不同的方向：有的诗人最感兴趣的是性格的勾描；另一个诗人则是社会关系和日常生活冲突对性格的影响；第三个诗人是感情和行动的联系；第四个诗人则是激情的分析；而托尔斯泰伯爵最感兴趣的是心理过程本身，它的形式，它的规律，用特定的术语来说，就是心灵的辩证法。"

托尔斯泰在描述小说中的重要角色时，往往将其人生历程分为若干个时期，并根据其人生的各个时期所产生的各种心理行为来描述其情感的发展和演变。他在《复活》中写道：

有一种极其常见、极其普遍的宿命论点，认为每个人都有一成不变的本性，认为人有善良的，有凶恶的，有聪明的，有愚蠢的，有热情如火的，有冷若冰霜的，等等。其实，人往往不是这样的。我们说一个人，可以说他善良的时候多于凶恶的时候，聪明的时候多于愚蠢的时候，热情如火的时候多于冷若冰霜的时候，或者正好相反。如果我们说一个人是善良的或者聪明的，说另一个人是凶恶的或者是愚蠢的，那就不对了。然而我们总是这样把人分类，这是不合实情的。人好比河流，所有河里的水都一样，到处的水都一样，可是每一条河里的水都是有的地方狭窄，有的地方宽阔，有的地方湍急，有的地方平坦，有的地方清澈，有的地方浑浊，有的地方清凉，有的地方温暖。人也是这样。每一个人都具有各种各样的本性的胚芽，有的时候表现出这样一种本性，有时候表现出那一种本性，有时变得面目全非，其实还是原来那个人。

比如《复活》中的男、女主角在灵魂上的"复活"，也有三个不同的时期：聂赫留朵夫的形象塑造是在描绘角色的内心和自我剖析的基础上进行的，而玛丝洛娃则是从角色的外貌和谈话中来体现角色的思想转变。例如，玛丝洛娃在聂赫留朵夫住院期间的那种特别的心情，作者描写的是她几次的微笑：她"微微一笑"，"她的整个脸上洋溢着快活的神情"，"她费力地忍住笑容"，"玛丝洛娃再也忍不住，扬声大笑，笑得那么感人，惹得好几个孩子也哈哈大笑"。但最后，作者笔锋一扭，急转直下："她在过道里一条长凳上坐了一阵，就回到小屋里去，没有回答同屋人问她的话，为自己坎坷的身世哭了很久。"托尔斯泰用这种方法，描述了玛丝洛娃反复变化的神情和情绪波动，将她那充满了懊悔和悲伤的感情爆发出来，使读者受到极大的心灵震撼，这简直是一种艺术。

（二）运用恰当的比喻表现人物内心的变化

聂赫留朵夫也叹了一口气。"哎，快点审完才好，"他想。这时候，他生出一种近似在打猎的时候不得不把一只受伤的飞禽弄死的心境：又是厌恶，又是不忍心，又是懊恼。那只没有断气的飞禽在猎物袋里不住地扑腾，又讨厌，又可怜，使人不由得想起快弄死它，把它忘掉才好。

这处对聂赫留朵夫的心理描写用了一个很好的比喻，充分揭露了他的虚伪本性。这就是他在羞辱喀秋莎之后，一直到"解救"喀秋莎为止的心理活动。喀秋莎就如比喻中所说的："她就像一只受伤的鸟，挣扎着，可怜又悲惨地挣扎着。"

聂赫留朵夫去拜访他过去的熟人，副省长玛斯连尼科夫，刚好他送一个显要人物走下楼来。这时，这位副省长由于得到这位显要人物的赏识，正处于特别兴奋的心情之中：

只有性情温柔的狗在主人拍着它，摩挲它，搔它耳背的时候才会有这样的心情。它就摇尾巴，缩成一团，扭动身子，把耳朵贴在头皮上，发疯般地团团转。玛斯连尼科夫正好也准备这样做。

这样的比喻，使读者明白玛斯连尼科夫此时此刻的兴奋心情达到何种地步，以及他在达官贵人面前像摇尾乞怜的小狗那样的卑微心理。

　　厅长要她说一下为自己辩护的话，她光是抬起眼睛来看一看他，看一看所有的人，像一头被追捕的野兽似的。紧跟着她就低下眼睛，先是哽哽咽咽，后来放声大哭。

这一段文字，写出了玛丝洛娃的绝望，她无法、无力为自己辩护，在违背事实的诉状面前，除非全部推翻换人重新调查，这又办不到。又写出法官恶毒凶狠，要把她置于死地。

　　他感到他的处境好比一只在房间里做出坏事的小狗，主人揪住它的颈圈，把它的鼻子按在它做出丑事的地方。小狗尖声叫着，往后倒退，想躲开它的行动的后果越远越好，想忘掉它，可是铁面无私的主人不肯放过它。

聂赫留朵夫此刻的心情就像一条犯了错的小狗，无法逃避或忘记自己的过失。内心已经在外部环境的影响下发生了改变。他渐渐感受到心灵的丑陋、卑劣。托尔斯泰描写出了角色内心的斗争。他不但是这些受害者的悲惨和不幸的见证人，同时又以他们的保护者身份对聂赫留朵夫施以抨击。

（三）对比手法的运用

《复活》在结构上的一大特点是情节、场面的跳跃性和强烈的对照性。作者确定"整部小说从开头到结尾始终不断地采用对比的手法"。其中有场面与场面的对比，形象与形象的对比，过去与现在的对比，大自然与社会的对比。

作品上一秒还写到玛丝洛娃从牢房里出来走向法庭，下一秒就开始对聂赫留朵夫每天清晨生活的叙述；聂赫留朵夫和玛丝洛娃在法院里相会的情节还没有结束，笔锋一转又提起了聂赫留朵夫和玛丝洛娃年轻时的故事；玛丝洛娃的审判结果一经推出，作者又马上将读者带入公爵柯察金举办的宴会上；一边是上层阶级的晚宴，一边又是昏暗的囚室和饥肠辘辘的囚犯；接下来是描述衰败的乡村和垂死挣扎的农夫，紧随着是彼得堡上层人物挥金如土的奢靡生活；官僚贵族的豪华住宅，贫苦农民即将倒塌的小屋；高官犯法任总督，平民无罪遭冤狱；大地回春鸟雀歌唱，人间社会悲剧迭起。

再如：尽情戏耍了玛丝洛娃的聂赫留朵夫，在经过巴诺沃的车站时，已经完全忘记了这个姑娘。然而，一片痴心的玛丝洛娃还是怀着孕来到了火车站与他相会。聂赫留朵夫"在灯光明亮的车厢里，坐在丝绒的靠椅上，说说笑笑，喝酒取乐"，而可怜的玛丝洛娃"在泥地里，在黑暗中，淋着雨、吹着风，站着哭泣"。车厢内外，宛若不同的世界。

自然与社会的对比，在《复活》中随时可见。小说一开始就用抒情的笔调描绘了大自然的美：

太阳照暖大地，青草在一切没有锄绝的地方死而复生，不但在林荫路的草地上，甚至在石板的夹缝里长出来，绿油油的。桦树，杨树，野樱树长出发粘的和清香的树叶，椴树上鼓起一个个快要绽裂的花蕾。寒鸦，麻雀，鸽子像每年春天那样已经在欢乐地搭巢，被阳光照暖的苍蝇沿着墙边嗡嗡地飞。植物也罢，鸟雀也罢，昆虫也罢，儿童也罢，一律兴高采烈。

自然是充满生机和诗意的，然而现实世界却充满了肮脏和邪恶，以及人类之间的争权夺利、阴谋诡计。小说中继续写道：

惟独人，成年的大人，却无休无止地欺骗自己而且欺骗别人。折磨自己而且折磨别人。

就例如这处对春雨过后生机盎然的自然画面的描绘：地上"忽然生

出了碧绿的青草。园里的白桦树上点缀着绿油油的茸毛，稠李树和杨树抽出了清秀的长叶在林荫道的小径上，刚刚染成一片碧绿的草地上，有些孩子和狗跑来跑去玩耍"。与之相反的是阴暗潮湿、令人毛骨悚然的可怕监牢和残酷、冷漠的监狱长与看守。作者在颂扬自然之美的同时，也在讽刺、抨击和否定社会的丑陋。

（四）讽刺艺术

《复活》用极其尖锐的讽刺手法，把所有的伪装全部撕扯开来，对一切国家制度、教会制度、社会制度和经济制度都进行了猛烈的抨击，表现出了作者独具一格的讽刺才能。

首先，以平淡、干脆的语言对充满讽刺意味的场景进行叙述来实现讽刺效果。真实是讽刺手法运用的重要原则，虚假的东西无法成为讽刺。对生命真理的坚守是托尔斯泰的写作准则。他说："文学作品必须真实自然。"唯有如此，才能更好地体现出这个时代的本质。

托尔斯泰将玛丝洛娃和聂赫留朵夫的故事作为线索，巧妙地将俄国城乡巨大的贫富差距和沙皇统治下政府的腐败联系在一起，编织出一幅具有时代特色的社会画卷。聂赫留朵夫受到良心的谴责，企图为玛丝洛娃洗脱冤屈，他走遍了全国从上至下各个地方，拜访了形形色色不同阶级的人物，跟随聂赫留朵夫的脚步所见识到的各种人物都鲜明而立体，轻易就能拨动读者的心弦。这是一面反映了社会上的各种腐败与不公的明镜，上层阶级的奢靡和腐烂，神职人员的贪得无厌，官场上的冰冷残酷，都一一地被照射出来。

法庭审讯的场景描述得很好。这是《复活》中最具讽刺意味和批判性的部分。作品从对玛丝洛娃的审判写起，直到最后的判决，都是用一种简单的笔触来描绘的。托尔斯泰所写的这些执法者都是些寡廉鲜耻、徇私枉法的无耻之徒。在审判中，庭长、法官、检察官、书记官，他们对案件并不感兴趣，只是考虑着自己的私人问题：有些人想要迅速地解决这个案子，以便和情人约会；有人刚刚与妻子吵架，怕自己不能回家吃饭；有人昨晚彻夜未归，完全没有做好审判前的各种准备；而陪审团则是对最近在镇上的流言蜚语感兴趣。这些不把别人的生命放在眼里的人，在法庭上作威作福、颠倒黑白是不可避免的。最糟糕的是，这些法官们各有目的，一心都放在别的事情上，却要装出一副冠冕堂皇、一本正经、"公正无私"的脸，有时要犯人重述已说的话，有时假模假样地做笔录，实际上只是在把上面的字重新描画一次。这些极具生活感的讽刺，既没有滑稽可笑的荒诞情节，也没有尖锐犀利的嘲弄，但它把沙俄法庭"庄严神圣"的外表完全撕碎了，露出了这些高高在上的执法人员邪恶的面孔和污秽的心灵。托尔斯泰将这些画面如实地描写出来，达到了极为精妙的讽刺效果。

其次，从人物的肖像、言行、心理等方面来达到讽刺的目的。柯察金将军就是其中的一个代表。这个"有钱有势"又有着残酷手段的将领，终日挥霍无度、衣食无忧。作者对他的外貌特征做了形象的刻画:"牛样的、神气活现的,浑身是肉的身材","肥厚的脖子",眼睛"布满血丝",镶着一口假牙,"两片厚嘴唇"发出"吧唧吧唧"的声音。这里的人物肖像描写得栩栩如生,充满了讽刺意味,凸显了人物凶残、虚伪、贪婪的特点。

再次,作者运用融合客观叙事与主观评价的方式,对社会的丑陋现实进行了毫不留情的讽刺。托尔斯泰是一位"思想艺术家"。他的作品以一种艺术的方式去探寻人生的真谛和寻找一条人类走出苦难与不幸的道路。其文学创作除具有吸引力的剧情和生动的艺术表现外,更多的是对作者政治观点的体现,对伦理、对美好社会的追求。《复活》一书中,托尔斯泰既对充满讽刺意味的场景和角色进行了客观的描写,又融入对角色或事件的议论,真情实感地进行嘲讽和谩骂。这种客观描述和主体性评价相结合的讽刺手法,既可以使读者感受到逼真、强烈的情感冲击,也有利于读者对小说进一步认识的同时掌握作者的写作意向。在对沙俄法制进行批判的同时,一边实事求是地讲述着各类冤假错案,一边又借角色之口进行抨击:"法院无非是一种行政工具,用来维护对我们的阶级有利的现行制度罢了。""人吃人的行径是在政府各部门,各委员会,各司局里开始的。""真理让猪吃掉了。"含讥带讽的独到见解,揭示了沙俄法庭法律的阶级实质。

这就从根本上否定了地主贵族阶级及其赖以存在的一切制度。《复活》描写了农民在沙皇独裁统治下的艰难处境，既表现了他们饱受剥削和饥饿的痛苦，也表现了对深处困境的他们的深刻同情。"仅有的能够用来养家活口的土地，都被地主们夺去了。"托尔斯泰大声疾呼：不能把土地当作商品来出售，"只能消灭土地私有，土地才不会像现在这样荒废，现在那些地主就像狗霸占着马槽一样，既不让会种地的人来种地，自己又不会耕耘土地。"这样就彻底否定了封建地主、贵族和他们所依附的所有制度。

品读《老人与海》：
朴实含蓄、客观简洁且蕴含哲理的语言风格

一、关于《老人与海》

《老人与海》是现代美国小说作家海明威的经典之作，是于1952年创作的一部中篇小说。它的故事围绕一位古巴的老渔夫展开。老渔夫桑提亚哥已经近八十四天也没捕到一条鱼了，但他相信"八十五是个有利的数字"，决定再一次出海。在海上，桑提亚哥捕到了一条巨大的马林鱼，可是大鱼却拖着小船往北游去，老人高举鱼叉刺进鱼腰，结束了它的生命。但事与愿违，鱼血招来鲨鱼，桑提亚哥用鱼叉、刀子、短棍和鲨鱼搏斗，最后他还是被打败了。他尽力回到小港，躺倒在自己的茅棚里，早上出海的打鱼人发现他带回来的巨大的死鱼骨骼，而他醒来说他"正梦见狮子"。

小说情节简单但却相当引人入胜、真挚感人，关键在于作者精心塑造了桑提亚哥这一"硬汉子"形象，讴歌了他临危不惧与厄运做斗争的坚强性格。桑提亚哥捕捉那条马林鱼的过程，完美地体现了一个孤独英雄刚毅、坚韧的性格。他必须完成他"定下来要干"的任务，哪怕即将面临失败的命运，他也忠实于他的执着和"勇于战斗"的个性。桑提亚哥这一形象反映了作者坚持不懈地冲击注定的命运的精神追求。

小说采用了多种多样的象征手法，桑提亚哥实际上是一个抽象化的自强不息的人物，他与马林鱼、鲨鱼，以及变幻莫测的大海之间的关系，充满了多层次的象征或寓意。"老人与海"的故事讲述了一个道理：独自在外孤军奋战时免不了会遭遇失败，但真正有力的人是无法被打败的，必须勇敢地面对失败。这个故事既带有古希腊悲剧式的单纯意义，又有现代派悲剧中探索人的生存意义的启迪作用。

海明威在小说中体现了人类与自然的关系，强调的是"不害怕挫折、勇敢面对失败"这一主题。桑提亚哥最终还是没有捕到鱼，但是他一次次挑战自我的毅力，百折不挠的气节已经深深留在读者心中。小说中，桑提亚哥"双手已经软弱无力""每当感觉到自己要垮下去的时候"，就再次振奋精神给自己打气，说"我还要试它一试"。"他忍住一切疼痛，抖擞抖擞当年的威风，把剩下的力气通通拼出来，用来对付鱼在死亡以前的挣扎。"他有一句非常有名的话，也为这部小说的核心做了解释："可一个人并不是生来要给打败的，你尽可把他消灭掉，可就是打不败他。"

二、《老人与海》的语言风格

海明威是20世纪世界文坛上伟大的语言大师。《老人与海》是海明威最经典的作品，也是他文学生涯中的最高成就，更是他思想和艺术风格的结晶。它在美国文学史上占有重要地位，也是世界文学史上不可缺少的一页。《老人与海》中摒弃了错综复杂的故事情节、轰轰烈烈的感情纠葛、眼花缭乱的艺术手法，以朴实含蓄、客观简洁且蕴含哲理的语言风格忠实地践行了"冰山理论"，全面展现出海明威的美学追求，掀起了一场文学革命。

（一）客观简洁

"每句话和每个段落都尽量写得简洁"是海明威文学创作的信条，这个特点也在《老人与海》中得以体现。多用短词或短句，行文简单干脆，没有繁复的形容与修饰，《老人与海》用含蓄、深刻、简洁的语言表达叙述故事情节、刻画人物形象，带给读者最直观的感受，但同时又能够引发无尽的深思，与现代艺术审美原则———"越少，就越多"不谋而合。

他使用的语言大多源于日常生活，是经过精心拣选和反复锤炼的结果。生活中最平凡的口语俚语在海明威的手里鲜活起来，充满生气。就比如下面第八十五天出海的头一天夜里老人和孩子的对话：

"顶好的渔夫是你。"

"不。我知道有不少比我强的。"

"哪里！"孩子说，"好渔夫很多，还有些很了不起的。不过顶呱呱的只有你。"

"谢谢你。你说得叫我高兴。我希望不要来一条挺大的鱼，叫我对付不了，那样就说明我们讲错啦。"

"这种鱼是没有的，只要你还是像你说的那样强壮。"

"我也许不像我自以为的那样强壮了，"老人说，"可是我懂得不少窍门，而且有决心。"

"你该就去睡觉，这样明儿早上才精神饱满。我要把这些小东西送回露台饭店。"

"那么祝你晚安。早上我去叫醒你。"

"你是我的闹钟。"孩子说。

"年纪是我的闹钟。"老人说，"为什么老头儿醒得特别早？难道是让白天长些吗？"

"我说不上来，"孩子说，"我只知道少年睡得沉，起得晚。"

"我记在心上，"老人说，"到时候我会去叫醒你的。"

"我不愿让船主人来叫醒我。这样似乎我比他差劲了。"

"我懂。"

"安睡吧，老大爷。"

对话全是最简洁地道的口语，句式几乎也是没有任何华丽修饰的简单句，读起来既亲切又富有趣味。

（二）朴实含蓄

《老人与海》将海明威"冰山原则"的精髓发挥得淋漓尽致——截去

一切蔓枝杂叶仅仅露出冰山一角，仅有两万多字，却有着丰富的潜台词，其中所包含的人生哲学是无穷无尽的。海明威也曾表示，《老人与海》同样可以详尽地描述这个村子里的每一个人物受教育、谋生和繁衍后代的细节，但是他所叙述的仅仅是一个老渔夫出海捕鱼的经历。这是故事中的人物再平常不过的日常活动，但它却反映出了小说的精神内涵。海明威在描写客观事物时，往往是以简洁、平白、直接的口吻，不做过多的评价和说明，留给了人们独自品味和思考的余地。如：

> 它是条大鱼，我一定要制服它，他想。我一定不能让它明白它有多大的力气，明白如果飞逃的话，它能干出什么来。我要是它，眼下就要使出浑身的力气，一直飞逃到什么东西绷断为止。但是感谢天主它们没有我们这些要杀害它们的人聪明，尽管它们比我们高尚，更有能耐。
>
> 于是他替这条没东西吃的大鱼感到伤心，但是要杀死它的决心绝对没有因为替它伤心而减弱。它能供多少人吃啊，他想。可是他们配吃它吗？不配，当然不配。凭它的举止风度和它的高度尊严来看，谁也不配吃它。

海明威通过这些朴实的内心独白拉近了主人公与读者的距离。这种镇静从容的描述，又同时饱含着无限温情。风烛残年的桑提亚哥在海上孤独地与大马林鱼、鲨鱼角逐了三天三夜，只能与海为伴，与日月相对。这些简单的故事情节打造了一位悲壮与崇高的硬汉形象，演绎了令人刻骨铭心的人生哲学和道德理想——一个人可以被毁灭，但不能给打败。

（三）富有韵味的内心独白

在《老人与海》中，海明威力求将一个真正的老渔夫形象展现给读者。所以在他的语言中，通过描写富有韵味的内心独白，塑造了一个坚强、果敢的主人公形象。在桑提亚哥准备他的八十五天出海时，"他的希望和信心从来没有消失过，现在又像微风初起的时候那么清新了"。老人并不是是个盲目乐观的人，相反，他是从容而镇定的，他心中已经做足了准备："走运当然好，但是我宁肯把什么都安排得分毫不差，那么运气来的时候，就有个准备了。"

在桑提亚哥与马林鱼、鲨鱼的搏斗中，他是自信且坚定的："虽然这是不仁义的事儿，我也要让他知道什么是一个人能够得到的，什么是一个人忍受得住的。""痛苦在一个男子汉不算一回事。"他对着与他交锋的鱼，对着一望无际的大海高呼："可一个人并不是生来要给打败的，你尽可把他消灭掉，可就是打不败他。"这几句短短的自白，便可让读者深切体会到他是如此沉着、勇敢。这也是作家认为的人应该正视逆境并漠然处之，人类力量是不可摧毁的思想的直接体现。

（四）高超的写景手法

海明威对景物的描写也十分精彩。首先，他对景物的自然描绘，十分具有生活感。他所写的自然景物，是随着空间变更和时间流逝不断变化的。虽然情节简单，但场景却显得真实丰富，引人入胜。其次，作者善于抓住人的感官，从视觉、听觉、触觉入手，用最直接真切、形象生动的刻画缩短读者与人物之间的距离，立体与清晰的画面直接印入读者的脑海，其中蕴含的思想与感情值得读者去细细回味。

《老人与海》中对大海的描绘可谓自然已极，却又是充满理想色彩的造境。在老人眼中，无边无际的大海是平和的，那里没有汹涌波涛，没有疾风骤雨，"除了海流偶然打个旋儿以外，海面是一平如镜的"，"鱼、船和人都在平静无波的水上缓缓地漂流"。

有时，大海也会荡起波澜，这是"一些大海豚在追赶着脱逃的鱼时，把海水掀得微微鼓了起来"；当金枪鱼在大海中跳起又落下，"搅得水花四溅"；船行时，"马尾藻在轻柔的海波中忽上忽下地摇曳着，仿佛海洋正在一条黄色的绒毯下面爱抚着什么东西。"

在老人眼中，大海又是绚丽多姿的。在日出之时，"水是深蓝色的了，深得几乎变成了紫色"。艳阳高照时，"海水是黑魆魆的，阳光在水里映出五彩斑斓的光柱"。一经入夜，"水面上浮起了万点鳞光"。

从海上望陆地，"陆地上面的云彩现在像是巍峨的山峦似的升到上空去，海岸只剩下长长的一条绿色的线，背后是一丛淡青色的小山"。小船渐行渐远，"现在他看不见绿色的海岸了，他所看到的只是青青的山和那仿佛白雪皑皑的山峰，以及山峰上面的白云，那白云看去像是高耸的雪山似的。夜幕的时刻，"乌云往东边向上扩散了开去"，"星星一个接着一个地消失了，小船仿佛走进了云的深谷"。归途，船儿轻轻，微风阵阵，夜里，小船驶进了"城里的灯火映在天上的红光"里。

这一切，充分展现出大自然的别样风情。而大自然之所以美，正是因为被赋予了人的感情，体现的是人的本质力量。

在老人眼中，大海又是热闹并且充满活力的。在这里，种种生命在为生存拼搏而展示出的力量和美，被海明威凝聚在这一幅幅画面之中。

　　黎明时分，飞鱼在黑暗里凌空西去，从绷紧的翅膀上发出嘶嘶的声音……老鹰在高空里飞翔，越飞越高，还在打着转儿，可是翅膀一动也不动。

　　它像个气泡似的兴高采烈地漂浮着，它的长长的深紫色的触丝在水里拖了一码长……海龟发现了它们，就从正面靠近，然后闭上眼睛，身子完全缩在龟甲里，再把它们连着触丝一并吃掉。

　　它（大鱼），那么长，那么高，那么宽，银光闪闪的，还围着紫色的条纹，在海水里没有尽头地伸展了开去。

老人与大鱼及鲨鱼搏斗的景象更令人惊心动魄，由此，我们获得了崇高的审美感受。

他看见鱼从水里跳出，没有落下来以前，一动不动地悬在半空里……它（被老人杀死的大鲨鱼）慢慢地沉到水里去，最初还是原来那么大，然后渐渐小下去，末了只有一丁点儿了。

海明威很擅长描绘一瞬间的情景：

一条小金枪鱼忽然跃到半空里，一转身朝下掉进水里。金枪鱼在太阳下映出银白色的光。

（海豚）在半空里跳去，给夕阳照得浑身像似金子，它在半空中扭来扭去。

马林鱼从水里一跳跳到天上去，把它的长、宽、威力和美，都显示了出来，它仿佛悬在空中，悬在船里老头儿的头上。然后它轰隆一声落在水里，把浪花溅满了老头儿一身，溅满了整个一条船。

同时描写三种鱼跳跃的动作，却绝不雷同，各有其特色。海明威将三种鱼跃起的一瞬间写得十分鲜活灵动。

三、《老人与海》的语言表现手法

(一) 比喻

比喻是海明威擅长使用的语言表现手法之一，用得精湛、巧妙。他常常透过比喻，通过对人物、动作、景象等的细腻描绘，折射出丰富的意蕴、生动的形象。如"帆上用面粉袋片打了些补丁，收拢后看来像是一面标志着永远失败的旗子"，写出老人在八十四天没有打到鱼后，别人眼中的老人形象。与后文老人永远打不败形成鲜明对比。

如提到老人的眼睛："他身上的一切都显得古老，除了那双眼睛，它们像海水一般蓝，显得喜洋洋而不服输。"符合老人的精神。如桑提亚哥的手，"而他的左手依旧拳曲着，像紧抓着的鹰爪"，鹰在人们的印象中是凶狠可怕的猛禽，这里将桑提亚哥的手比作鹰爪，不由得让人产生丰富的联想。

海明威对大马林鱼的描写精湛而细腻，"它的嘴像棒球棒一样长""眼睛似马眼却比马眼还大""脊背像小山一样高高隆起""大镰刀似的尾巴"等，这些描写使凶猛、庞大的大马林鱼形象地展现于读者面前，也侧面反映与之搏斗的桑提亚哥的勇敢形象。

（二）白描

白描是用最简明扼要的语言描绘人物的精神面貌。鲁迅说过，白描就是"有意义，去粉饰，少做作，勿卖弄"而已。《老人与海》中是这样描写老人桑提亚哥的外形与生活的："老人消瘦憔悴，脖颈上有些很深的皱纹。腮帮上有些褐斑，那是太阳在热带海面上的反光所造成的良性皮肤癌变。眼睛像海水一般蓝，显得喜气洋洋而不服输。"这正就是老人的青春之貌。

窝棚用王棕的叫作"海鸟粪"的坚韧的苞壳做成，里面有一张床、一把桌子、一把椅子和泥地上一处用木炭烧饭的地方。在用这纤维结实的"海鸟粪"展平了叠盖而成的褐色墙壁上，有一幅彩色的耶稣圣心图和另一幅科夫莱圣母图。这是他妻子的遗物。墙上一度挂着幅他妻子的着色照，但他把它取下了，因为看了觉得自己太孤单了，它如今在屋角搁板上，在他的一件干净衬衫下面。

这里文字虽不多，却涵盖了丰富的信息。"妻子的遗物"告诉读者老人曾有位彼此相爱的妻子，但他的妻子却早早离开人世；老人生活条件十分简朴，日常用品有一张桌子、一张床、一把椅子、一条旧军毯。这些对老人生活环境的描述都极为简单精准，寥寥数笔就将事物的基本样貌勾勒出来。

（三）重复

《老人与海》对重复手法的使用也很频繁。对同一词语、短语或句子的重复，丰富了文章的内涵，寓以深刻的情感，富有神秘的韵味。

首先是"老人"从头到尾重复出现。作者本可以用主人公的名字"桑提亚哥"来称呼他，但是在文中作者却反复不断、刻意地用"老人"这个词，就是要强调主人公的身份特征来加深读者印象，即他已经不如年轻人一般身体强健，已经是一个消瘦憔悴、年迈体衰的老人了。但作品要突出的并非他处境的凄凉和沧桑，而是虽然年老却仍然意志坚强，虽然条件险恶却永不屈服的硬汉子精神。

其次是对"孩子"的反复提及。除了在开头和结尾两个人的直接面对面互动，老人在出海时也反复提到了男孩。"要是孩子在就好了。""如果那孩子在这儿，他会用水打湿这些钓索卷儿，他想。是啊。如果孩子在这儿。如果孩子在这儿。"这些反复的提及意味深远，"老人"和"孩子"形成了鲜明的对比，丰富和深化了主题。老人虽是争强好胜的硬汉，但也是一个有血有肉的人。他有爱心，但他也会感到寂寞，他也需要别人的陪伴和关怀。男孩就是他唯一的亲密伙伴，是他勇气和执着下的精神寄托。作者通过语言的重复使用使人物形象更加饱满，也使作品的主题得到深化和升华。

语言上的重复再如"他就松手让钓索朝下溜，一直朝下，朝下溜，从那两卷备用钓索中的一卷上放出钓索"，对"朝下"两字的重复使用让文字充满立体感，我们似乎亲眼看到了老人放钓索的动作，听到钓索发出的声响，让人联想到躲藏在大海深处的那条大马林鱼。"让它为了拖钓索付出代价吧，他想。让他为了这个付出代价吧。""钓索朝外溜着，溜着，溜着，不过这时越来越慢了，他正在让鱼每拖走一英寸都得付出代价。"

简洁的语言能够体现主人公的内心世界，他的孤独、勇敢，他的坚韧、毅力，这一切都毫无保留地一一展现给读者。这正是简洁语言的精妙之处。而语言的重复则是在简洁语言的基础上建立，是对其中某些特定语言的重复。这种语言的重复强调了这些简洁语言的特定内涵，丰富了主人公的动作和精神世界，并最终达到深化作品主题的效果。这些重复语言对主人公精神的映衬是极其深刻的。他看起来更加凄凉，更加孤独，同时也更加坚强。

（四）象征

《老人与海》中象征的运用无处不在。"这种象征贯穿于作品的始终，它像一条闪射着寓意与思想、哲理的光链，映现出作品的题旨与美学价值。"

在西方文学中，海被赋予了各种各样的含义。而在《老人与海》里，大海是自然万物的搏斗场，也是人类社会的缩影。残暴、凶狠的鲨鱼代表着制造灾难和痛苦的破坏性力量，是社会邪恶势力的象征，寓意着人类难以摆脱的悲惨命运。大马林鱼是老人八十四天漫长等待之后突然出现的希望，它是人类美好理想的象征，它总是可遇而不可求，在各种逆境干扰之下便会转瞬即逝。老人桑提亚哥象征着"生命英雄"，梦中的狮子则是老人出海前精神上的准备。狮子的自信、威严令人敬畏，就如不断挑战大海、与大马林鱼和鲨鱼搏斗的桑提亚哥，勇于向挫折、厄运挑战，鸣奏了一曲展现生命价值与人生尊严的乐歌。

另外，海明威的象征方式具有多重含义，人们对他的小说中的象征始终存在着各种不同的解释。就《老人与海》而言，曾有不同的学者作出诸如"失败主义""人道主义"等主题的分析。短短一部小说蕴含着如此多角度、多层次的象征意念，具有了双重层次相交的艺术功效。这或许就是海明威所说，"水面之下的那八分之七的冰山"。

品读《百年孤独》：

魔幻与现实的交响

一、关于《百年孤独》

《百年孤独》是马尔克斯最著名的魔幻现实主义作品。这部小说描述了布恩迪亚一家七代人在一个世纪里的崛起和衰落，描述了一个哥伦比亚小镇马孔多瞬息万变的百年历史。它也由此被世人称为"再现拉丁美洲历史社会图景的鸿篇巨著"。作品借助各种奇异魔幻的写作和表现手法，把真实和幻想完美地融合在一起，呈现出一个充满了怪诞和诡谲的世界。

马孔多是整个拉丁美洲历史文化的缩影。小镇的建立者何塞·阿尔卡蒂奥·布恩迪亚在一次与邻居的斗鸡比赛中，恼羞成怒刺死了羞辱他的对手阿及拉尔。此后，他便常常为阿及拉尔的鬼魂所纠缠，扰得一家人无法安宁。布恩迪亚只好带着家人与朋友远走他乡，另求安身之所。他们经过两年多的跋山涉水，最后在一个荒无人烟的小河边停下来。布恩迪亚受到梦的启示，醒来后，他决定就在这里定居，建立村镇，起名"马孔多"。布恩迪亚极富创造力，他认识到"世界上正在发生不可思议的事情，咱们河边，就在河对岸，已有许多各式各样神奇的机器，可咱们仍在这儿像蠢驴一样过日子"。他决定让马孔多和外面的世界保持连接，此后又开始了对炼金术的研究。但是他超前的思想却和马孔多的落后和保守水火不容，孤独的他最终失去了理智。他的家族成员决定将他捆在庭院中的一棵栗子树上，令人意外的是，他在这种情况下足足活过了半个世纪之久。

布恩迪亚和他的妻子乌苏拉育有两个儿子和一个女儿。长子何塞·阿尔卡蒂奥是在前往马孔多的途中出生的，在成年之后，他和一个常在他家帮工的女人庇拉尔有了一个名叫阿尔卡蒂奥的孩子。在内战中，布恩迪亚的这个长子被政府武装抓住并处死了。而小儿子奥雷里亚诺出生在刚刚建立起的马孔多小镇上，他沉默寡言，从小就喜欢在父亲的实验室里做小金鱼，并在后来与镇长最年幼的女儿蕾梅黛丝相爱。但在两人结婚前，奥雷里亚诺也和庇拉尔·特尔内拉生有一子，取名奥雷里亚诺·何塞。奥雷里亚诺晚年也同他的父亲一般，每日在实验室里过着与世隔绝、孤独的生活。布恩迪亚夫妇的女儿叫阿玛兰姐。阿玛兰姐的恋人因其不愿意与他结婚，自尽身亡。阿玛兰姐不能从悲伤中解脱出来，她故意把自己的一条胳膊烫伤，用一块黑布包扎着，整天在房间缝制丧服，拆了又缝起，缝了又拆，直到她的生命的尽头。第三代中只有何塞·阿尔卡蒂奥的孩子阿尔卡蒂奥，以及奥雷里亚诺的孩子奥雷里亚诺·何塞。前者成为小镇中从来没有出现的暴戾君主，最终在保守党的枪口下死去；后者也因无法得到的感情陷入孤独之中，最后死于乱军。第四代都是被保守派军队枪毙的阿尔卡蒂奥的后代。女儿蕾梅黛丝容貌秀丽，她的两个弟弟阿尔卡蒂奥第二和奥雷里亚诺第二长得一模一样。这个家族的第五代全是奥雷里亚诺第二的孩子，儿子叫何赛·阿尔卡蒂奥，女儿叫雷纳塔·蕾梅黛丝（梅梅）、阿玛兰姐·乌苏拉。第六代只有梅梅的儿子奥雷里亚诺·布恩迪亚一人。他爱上了阿玛兰妲·乌苏拉，结婚后生下了这个家族的第七代——一个有猪尾巴的婴儿。阿玛兰妲·乌苏拉由于产后失血过多而死。奥雷里亚诺·布恩迪亚从外面回来发现孩子已被蚂蚁吃得只剩下一小块皮时，他终于破译出了吉卜赛人墨尔基阿德斯用梵语写的关于他家族历史的手稿。手稿卷首的题辞是："这个家族的第一个人将被绑在树上，而最后一个人正被蚂蚁吃掉。"读到最后，一场突如其来的飓风裹挟着尘土，将马孔多镇完全卷走，这个命中注定百年孤独的家族永远地消失了。

二、《百年孤独》的艺术成就

1982年，瑞典文学院在授予马尔克斯诺贝尔文学奖的颁奖词中评价说：马尔克斯"创造了一个独特的天地，那个由他虚构出来的小镇。从50年代末，他的小说就把我们引进了这个奇特的地方，那里汇聚了不可思议的奇迹和最纯粹的现实生活。作者的想象力在驰骋翱翔：荒诞不经的传说、具体的村镇生活、比拟与影射、细腻的景物描写，都像新闻报导一样准确地再现出来"。

（一）新颖的倒叙手法

最著名的例子莫过于在小说的一开头就写道："许多年之后，面对行刑队，奥雷里亚诺·布恩迪亚上校将会回想起，他父亲带他去见识冰块的那个遥远的下午。"在这里，马尔克斯立足于现在，从"许多年之后"回溯到"过去的那个下午"。这一句话不仅仅是为了展现一个"参观冰块"的初始情节，而且同时包含了三个时间层面：过去、现在和将来。这种时空结构在作品中屡见不鲜，构成了一种反复连续的时空轮回，使人不断对接下来的情节产生新的联想。这一段话也为整个故事的叙事结构打下了坚实的基石。与一般的回忆录不同，小说的叙事者没有在结尾时才对事件进行回味，相反，他选取了一个会发生任何时期的"现在"，既能够追溯到过去，又可以去往未来。这种立体的时空叙述手法，不仅是对布恩迪亚一家百余年历史的展示，也是对哥伦比亚和拉丁美洲的变迁进程的艺术描绘。

（二）小说采用了环型结构

通过一系列立体的倒序手法，《百年孤独》在整体结构上体现为一种环形结构。马孔多从荒芜到建立，从兴起到衰落；家族创始人，也就是开创了马孔多小镇的布恩迪亚，从他的姨母与叔父起就有长着尾巴的孩子，到了最后一代——第七代时又出现这样一个畸形儿。这两部分构成了闭合的环，而这两个大环又囊括了众多小环。例如家族中阿尔卡蒂奥和奥雷里亚诺两个男性名字、蕾梅黛丝这个女性名字反复被后人使用，并且他们的性格特征也被传承下来。难怪乌苏拉曾多次感慨："时间像是打圈圈，我们又回到了当初。"这个环型的结构含蓄地示意了马孔多和布恩迪亚家族长期处在一个孤独与封闭的循环中，既令人毛骨悚然，又值得深思。

（三）为作品蒙上魔幻色彩的极端夸张手法

作者对人物的塑造是极其怪异夸张的。如布恩迪亚家族第二代的奥雷里亚诺，他在母亲的肚中就会啼哭，出世时也大睁着双眼。成年后的奥雷里亚诺屡经沙场，当上了上校。他一生遭遇了十四次刺杀、七十三次埋伏和一次枪决，竟都奇迹般地活了下来。还有布恩迪亚家族祖先与第六代剩下的有猪尾巴的孩子，中枪后仍然可以翻山越岭回到家中汇报死讯的何塞·阿尔卡蒂奥，美丽却因为不想浪费时间穿衣服每天只套着一个布袋的蕾梅黛丝，等等。作者这种极端夸张的写作手法引人入胜，构思独特而又巧妙，使读者感到扑朔迷离、不可思议。

（四）魔幻主义和现实主义相结合

小说中写外部的文明对封闭落后的马孔多镇的冲击，是现实的历史，又是魔幻化之后的结果。吉卜赛人是马孔多镇与外界接触的唯一途径。写吉卜赛人抱着两块磁铁"挨家串户地走着"，马孔多人的表现是："大伙儿惊异地看到铁锅、铁盆、铁钳、小铁炉纷纷从原地落下，木板因铁钉和镙钉没命地挣脱出来而嘎嘎作响。"再有对宁静的夜晚的描写：人们可以听到"蚂蚁在月光下的哄闹下，蛀虫啃食时的巨响，以及野草生长时持续而清晰的尖叫声"。马尔克斯用一种看似怪异离奇的方式刻画了一个亦真亦幻的马孔多，但他的目的并不只是讲述一个小镇的历史，更多的是为揭露一个事实——在哥伦比亚和拉丁美洲，举目皆是马孔多这般封闭保守、故步自封的地方。

（五）成功地运用了象征主义手法

俏姑娘蕾梅黛丝是爱与美的象征，而她最后抓着雪白的床单飞向天空则象征着爱与美的消失；奥雷里亚诺上校晚年反复炼制小金鱼和阿玛兰姐反复缝制殓衣的行为则象征着生活的周而复始、作茧自缚；长猪尾巴的孩子是布恩迪亚家族愚昧落后、野蛮无知的结果，是畸形的社会的象征。这些象征都在不同程度上让作品更加寓意深长。小说的结尾，卷走马孔多小镇的飓风，象征着带领人类文明走出狭隘、走向新生的强大力量，表达着作者对创建先进开放新世界的美好愿望。

三、《百年孤独》的语言特点

（一）奇幻诡丽

《百年孤独》处处透露着无比神秘的色彩，把现实与神话、传说、梦境混合在奇异多变的情节发展中，作品新颖的时空叙述手法，给这部小说增添了浓厚的魔幻气息。当阿尔卡蒂奥被射死时，他的血液从门缝里流出来，径直流过客厅，流出家门，在土耳其人的街道上流淌，穿过一个个巷子，最后向母亲乌苏拉家中流去。鲜血仿佛被赋予了生命，可以穿街绕巷，给家人汇报消息。其中还有对阴雨连绵导致的潮湿空气的描写："甚至鱼儿也竟然可以从门里进来，从窗户里出去，在房间的空气中畅游。"真幻交错，每一个极度夸张的象征意象将真实发生的事件用奇幻怪诞的形式展现出来，把现实事物披上一层魔幻的色彩，将人深深吸引，好似身处一场真实的梦境中。

（二）简单平实

几位拉美文学评论家曾表示，《百年孤独》的叙述语言简单得似乎出自一个八岁孩童的口中。这足以看出《百年孤独》简约朴实的文风。其中多次对新世界认知对马孔多刻板、狭隘思想的冲击的描写都简单精妙，让人不由得拍手叫好。"何塞·阿尔卡蒂奥付了钱，把手放在冰块上，就这样停了好几分钟，心中充满了体验神秘的恐惧和喜悦。他无法用语言表达，又另付了十个里亚尔，让儿子们也体验一下这神奇的感觉。小何塞·阿尔卡蒂奥不肯摸，奥雷里亚诺却上前一步，把手放上去又立刻缩了回来。'它在烧。'他吓得叫了起来。"很多时候看似"平庸"的话语，却十分耐人寻味。简单直观的表述背后，往往蕴藏着层层的感情铺垫。奥雷里亚诺大概只是在惊呼冰块的寒凉，又或者是感受到了新世界新事物的冲击带来的心潮澎湃。

（三）孤独悲凉

《百年孤独》将悲凉的孤独风贯穿始终。小说描写的布恩迪亚家族七代人"他们尽管相貌各异，肤色不同，脾性、个子各有差异，但从他们的眼神中一眼便可辨认出那种这一家族特有的、绝对不会弄错的孤独眼神。"孤独在家族每一个人的身上重演。他们的一生都在与被孤独所折磨的命运搏斗，却总是在终点与它相伴到最后。作者把"孤独"造成的封闭落后和思想僵化作一种社会现实和民族特性做了深刻的诠释。一群蚂蚁啃咬了布恩迪亚的最后一个孩子，这也意味着孤独的布恩迪亚家族最后的终结。而结尾平静的叙述："注定经受百年孤独的家族不会有第二次机会在大地上出现。"终于有些明白马尔克斯想表达的对新世界的殷切希望。